숨겨진 얼굴

숨겨진 얼굴

펴 낸 날	2025년 7월 23일 초판 1쇄
지 은 이	이현종
펴 낸 이	박지민, 박종천
편　　집	윤서주, 김정웅
책임편집	김현호
표지디자인	김민선
책임미술	롬디
마 케 팅	이경미, 박지환
펴 낸 곳	모모북스
	경기도 파주시 지목로 89-37 (신촌로88-2) 3동1층
	전화 010-5297-8303　02-6013-8303　팩스 02-6013-830
	등록번호 2019년 03월 21일 제2019-000010호
	e-mail pj1419@naver.com

ⓒ 이현종, 2025
ISBN 979-11-90408-75-2 03810

- 책값은 뒤표지에 있습니다.
- 잘못된 책은 구매하신 곳에서 교환해드립니다.
- 모모북스에서는 여러분의 소중한 원고를 기다립니다.
  투고처: momo14books@naver.com

숨겨진 얼굴

이현종 지음

모모북스

■ 목차

1부 절망과 희망 9

2부 진실과 의혹 69

3부 추적 123

4부 배신과 회귀 229

■ 등장인물

이준혁

부모의 갑작스러운 죽음에 큰 충격을 받지만, 엄청난 규모의 재산과 부모가 설립하고 운영하던 희망재단에 얽힌 의혹으로 극도의 혼란 속에 빠져들게 된다.

이병찬

사건을 추적하는 강력계 베테랑 형사, 가족을 위해 내렸던 과거의 잘못된 선택으로 인한 깊은 죄책감을 안고 있으며, 어둠을 파헤칠수록 자신의 과거가 다시 발목을 잡는 갈등을 겪는다.

박희성

강한 정의감과 열정을 지닌 젊은 형사. 이병찬 형사가 많이 의지하지만, 희망재단을 조사하는 과정에서 갈등을 겪는다.

진승일

희망재단을 실질적으로 지배하는 인물. 겉으로는 신사적인 모습을 보이지만, 오직 자신의 권력과 이익만을 위해 철저히 움직인다.

조대식

돈 되는 것은 다 하는 무자비한 인물. 거칠고 잔혹하며 타인의 고통에 무감각한 인물이다.

장진호

시간여행 기술을 개발한 과학자. 자신의 실험과 지적 성취를 위해 인간의 욕망을 이용하고 거래를 제안하며, 준혁을 결정적 선택의 갈림길로 몰아넣는다.

차혁진

한때 희망재단의 핵심 인물이었으나, 믿었던 이들에게 배신당하고 모든 것을 잃은 남자. 가족의 비극적인 운명 이후 극심한 절망과 분노에 사로잡혀 돌이킬 수 없는 범죄를 저지른다.

1부

절망과 희망

#1화

카페 안은 고요했다.

햇살이 따스하게 비추는 야외 테라스에 한 쌍의 노부부가 앉아 있었다. 포근한 날씨를 느끼면서 커피를 마시며, 테이블 너머 전경을 바라보고 있었다. 평온한 오전의 풍경 속에서 그들은 한가로이 시간을 보내고 있었다.

잠시 후 2층 카페 문이 열리며 검은색 모자를 눌러쓴 한 남자가 급한 걸음으로 들어섰다. 그는 가쁜 숨을 몰아쉬고 있었고, 얼굴에는 땀이 맺혀 있었다. 눈에는 불안함과 초조함이 엿보였다. 마치 오랜 시간 동안 무언가를 피하거나, 쫓기고 있는 듯한 느낌이었다. 그리고 카페 주위를 둘러보며 누군가를 찾고 있었다. 한쪽 손에는 무언가를 손에 쥔 채 가슴팍 안에 넣어놓고 있었다. 카페 안에는 몇몇 손님이 있었지만, 아무도 그에게 주목하지 않았고, 관심을 줄 이유도 없었다.

이윽고 남자는 야외 테라스에 앉아 있는 노부부를 발견했다. 잠깐 노부부를 바라보더니 크게 심호흡하고 손안에 무언가를 다시 체크했다. 급하게 들어왔던 발걸음과는 달리 천천히 테라스로 다가갔다. 불안했던 눈빛은 이내 날카롭게 변해 있었다. 다시 한번 노부부의 얼굴을 확인하고 테라스로 향하는 문을 열었다. 노부부는 여전히 평온한 시간을 보내고 있었다. 남편은 천천히 커피잔을 들어 한 모금 마시며 미소를 지었고, 아내는 눈을 가늘게 뜨며 따뜻한 햇살을 즐기고 있었다. 그들의 얼굴에는 오랜 세월을 함께한 여유와 평화가 묻어났다.

남자는 그들을 바라본 후 다시 한번 호흡을 가다듬으며, 천천히 노부부에게 다가갔다. 그의 얼굴에는 긴장감이 맴돌았고, 눈빛은 무엇인가를 결심한 듯 차가웠다. 그 순간에도 노부부는 그 남자를 잠깐 의식할 뿐 크게 신경 쓰지 않았다. 그저 평화롭게 이야기를 나누고 있을 뿐이었다. 그 남자는 다가가 노부부가 바라보고 있는 전경을 가로막아 섰다. 그제야 노부부는 그 남자를 의식했다. 그 남자는 입을 열었다.

"나를 기억하십니까?"

남자의 질문에 노부부의 얼굴에 당혹감과 두려움이 스쳐 갔다. 그는 짧은 문장으로 무언가를 덧붙였고, 노부부는 점점 사색이 되어갔다.

"여길, 어떻게…"

남편이 말을 마치기도 전에, 남자는 가슴에서 무언가를 꺼냈다. 날카로운 금속이 햇빛을 받아 반짝였다. 그리고 이내 높이 치켜들린 칼날이 순식간에 남편을 향해 내리꽂혔다. 떨어진 커피잔이 깨지며 바닥에 흩어졌고, 남편은 짧은 신음과 함께 한순간에 힘없이 쓰러졌다. 남자는 상대가 숨이 끊긴 이후에도 멈추지 않고, 본인의 칼날에 손이 만신창이가 될 정도로 계속해서 칼을 찔렀다. 테라스는 단숨에 무겁고 서늘한 공포로 뒤덮였다.

아내는 공포에 꼼짝하지 못했다. 여전히 남자의 눈 속에는 맹렬한 분노가 사그라지지 않았다. 그는 천천히 아내에게 다가갔다. 아내는 눈물을 흘리며 떨리는 손으로 간신히 애원했다.

"제… 제발… 그만…!"

아내의 간절한 목소리에도 남자는 무표정했다. 그는 잔혹하게 칼을 꽂았다. 짧은 비명과 함께 아내도 숨이 끊겼다. 분노에 실린 힘은 손을 칼자루 안으로 더 미끄러지게 했고, 그의 손은 칼날 목에 갈라지며 피로 붉게 물들었다. 남자는 비틀거리며 한 발짝 물러섰다. 그의 얼굴에는 피로감과 허탈감이 서려 있었고, 찾아오지 않는 해방감과 공허함이 밀려오는 듯했다. 칼을 휘두른 팔은 무거워 더 이상 움직일 수 없었다. 마치 모든 힘이 빠져나간 듯, 잠시 허공을 바라보며 깊은 한숨을 내쉬었다. 잠시 숨을 고르며, 자신을 내려다보았다. 온몸이 피로 얼룩져 있었다. 그는 노부부의 시체를 바라보며 서 있다가 고개를 돌려 카페 안쪽으로 시선을 돌렸다.

카페 안은 이미 아수라장이 되어 있었고, 손님들은 비명을 지르며 몸을 숨기거나 테라스에서 멀어지는 쪽으로 달아나려 했다. 몇몇은 공포에 떨며 혹시라도 남자가 들어오지 못하도록 문을 막고 있었다. 남자는 홀로 테라스에 있는 의자에 앉았다. 노부부의 남편이 앉았던 자리다. 그는 그 자리에 앉으면서 순간적으로 자신이 그 노인의 자리에 앉았다는 사실에 묘한 감정을 느꼈다. 이 자리에서 그가 느꼈을 따뜻함과 평온함이 이제는 사라지고, 대신 차가운 현실만이 남아 있었다. 그리고 가슴 안쪽에서 사진 한 장을 꺼냈다. 아내와 딸이 함께 웃고 있는 가족사진이었다. 하지만 피로 물든 그의 손 때문에 사진도 곧 핏자국으로 얼룩졌다. 복받치는 감정을 억누르려 애쓰며, 낮은 목소리로 중얼거렸다.

'이제… 끝난 건가…'

오래된 짐을 내려놓은 듯, 그는 자신이 해야 할 일을 전부 마쳤다는 듯 칼을 내려놓았다. 이미 바닥에 튄 피는 그의 발

아래로 흘러들었다.

바로 그때, 경찰들이 테라스로 들이닥쳤다. 남자는 말 없이 무표정한 얼굴로 그들을 바라봤다. 반항도 없이 순순히 체포되는 모습은 모든 걸 내려놓은 사람처럼 보였다. 피로 물든 카페는 여전히 혼란에 빠져 있었다. 죽음의 냄새가 공간을 온통 뒤덮고 있었고, 깨진 커피잔과 핏자국으로 얼룩진 테라스 바닥은 현장의 끔찍한 참상을 적나라하게 드러내고 있었다.

곧이어 형사들이 사건 현장에 도착했다. 병찬과 희성은 그 누구보다 산전수전을 다 겪은 베테랑 형사였지만, 이번 사건이 주는 불길한 예감에 얼굴을 굳혔다. 테라스에 퍼진 피의 흔적은 그들의 인상을 찌푸리게 했다. 병찬은 테라스를 훑어보며 길게 한숨을 내쉬었다.

"거의 저항도 못 하고 당한 것 같네. 정말 잔인하다."

희성은 고개를 끄덕였다.

"이 정도로 끔찍한 범죄는 처음입니다. 원한 때문이라고 하기에는 너무 과해 보여요."

병찬은 노부부가 쓰러져 있던 자리를 가만히 바라보았다. 그리고 낮게 중얼거렸다.

"이건 단순한 원한 살인이 아닐지도 몰라. 분명 뭔가 있어."

희성은 눈살을 찌푸리며 동의했다.

"뭔가 복잡하게 얽혀 있는 느낌이 들지 않아요?"

"양쪽 눈을 다 찌르고, 얼굴에만 열 번을 칼질해 놓았으니…"

병찬은 씁쓸한 표정으로 뒷말을 흐렸다.

"도대체 이 사람들 사이에 무슨 일이 있었던 걸까? 일단 유가족들에게 알려야 하니까, 가족관계를 알아봐."

"예, 안 그래도 알아봤는데… 피해자는 희망재단 이사장이더라고요. 그리고 30대 후반쯤 되는 아들이 한 명 있고요."

"뭐? 희망재단?"

병찬은 놀란 눈빛으로 되물었다.

"네, 희망재단. 혹시 짚이는 거라도 있으십니까?"

희성이 의아하게 물었다.

병찬은 애써 표정을 감추고 고개를 저었다.

"아, 아니야. 피해자 가족분께 연락드려."

"예, 지금 바로 연락하겠습니다."

이 사건은 곧 언론 헤드라인에 오르며 대중의 공분을 샀다. 경찰 조사를 받기 시작한 남자는 결코 입을 열지 않았고, 사람들은 그를 '광기의 살인마'라 부르며 혀를 찼다. 병찬과 희성은 왜 그런 잔혹한 행동을 했는지, 그 진실을 캐고자 했지만,

용의자가 완전히 입을 다무는 탓에 수사는 점점 미궁으로 빠져갔다.

2화

 형사 희성은 피해자의 아들, 이준혁의 연락처를 알아내어 전화를 걸었다. 그 시각, 준혁은 회사에서 중요한 회의를 주재하고 있었다. 전문성 있는 책임자의 모습으로 참석자들에게 날카로운 질문을 던지고 있었다. 테이블에 울리는 휴대폰 진동에 그의 시선이 잠시 흔들렸다. 화면에 뜬 낯선 번호를 보고 그는 전화를 무시하며 회의를 이어갔다. 그러나 몇 초 뒤 다시 진동이 울렸다. 동일한 번호였다. 준혁의 이마에 미세한 주름이 잡혔다. '무슨 일이지?' 그는 참석자들에게 회의를 계속하라는 신호를 보내며 폰을 들고 몸을 돌렸다.

"이준혁 씨 되십니까?"

전화기 너머로 낮고 조심스러운 목소리가 들려왔다.

"네, 맞습니다만… 지금 중요한 회의 중이라 급하지 않으면 나중에 다시 걸어주십시오."

준혁은 단호하면서도 냉정하게 답했다.

그러나 희성의 답변은 그의 냉정함을 흔들었다.

"준혁 씨, 부모님께… 큰일이 생겼습니다."

순간 준혁의 심장이 한 번 크게 요동쳤다. 그는 곧바로 몸을 일으켜 회의실 밖으로 나가며 물었다.

"부모님? 무슨 일이죠? 어디가 편찮으신 겁니까? 그리고 누구신지요?"

잠시의 침묵이 이어졌다. 그리고 희성은 무겁게 입을 열었다.

"저는 강동경찰서 강력계 소속 박희성 형사입니다. 안타깝지만, 부모님 두 분 모두 돌아가셨습니다… 살인사건의 피해자가 되셨습니다."

희성의 충격적인 말에 준혁의 머릿속은 새하얘졌다. 휴대폰 너머로 희성의 목소리는 계속 흘러나왔지만, 그의 말은 더 이상 귀에 들어오지 않았다. '부모님이 돌아가셨다'는 단어만 메아리처럼 울리고 있었다. 준혁은 손이 떨리는 것을 느끼며 입을 열었다. 그러나 목소리가 제대로 나오지 않았다.

"… 살인사건이요? 그게 무슨 말입니까…"

희성이 무언가를 설명했지만, 그의 말은 흐릿하게 들렸

다. 지금 그의 뇌는 그 말을 처리할 수 없었다. 이성을 붙잡으려 했지만, 감정이 그를 삼키고 있었다. 준혁은 회의실로 다시 들어갈 엄두조차 내지 못한 채 문 옆에 서서 고개를 떨구었다. 그는 마음을 잠시 동안 가다듬고 회의실 문을 열고 참석자들을 바라보며 힘겹게 말했다.

"죄송합니다. 중요한 일이 생겨서 회의를 여기까지 해야 할 것 같습니다."

참석자들은 그의 평소와 다른 태도에 당황했지만, 준혁은 그들의 반응을 신경 쓸 여유가 없었다. 그는 빠르게 문을 닫고 복도를 따라 걸어가며 한 손으로 얼굴을 감쌌다. 준혁은 곧장 병원으로 달려갔다. 차에서 흘러나오는 뉴스에서는 이미 노부부 살인사건을 대대적으로 다루고 있었다.

"오늘 아침, 한 카페에서 노부부를 잔인하게 살해한 혐의로 체포된 용의자 차씨에 대해 새로운 소식이 들어왔습니다. 지금까지 묵비권을 행사하고 있어 경찰 수사의 어려움을 겪고 있는데요. 경찰은 용의자가 노부부의 돈을 노리거나 돈을 빌리려 했으나 거절당한 뒤, 이 같은 범행을 저질렀을 가능성을 열어두고 수사 중이라고 합니다." 앵커는 계속 말을 이어 나갔다. "그리고 얼마 전 용의자의 아내는 자살했으며, 10대인

딸은 실종되었다는 소식입니다. 용의자도 행방불명되었으나 이번에 나타나 노부부를 잔인하게 살해했던 것입니다. 경찰은 용의자의 실종된 딸도 범행의 희생자가 되었을 가능성을 염두에 두고 수사를 벌이고 있다고 밝혔습니다."

연이어 용의자의 동료라고 하는 사람의 인터뷰가 이어졌다. "그분은 한 회사만 15년 이상 다닐 정도로 매우 성실했어요. 법 없이도 살 수 있는 성실한 사람인 줄 알았는데… 이런 사건 소식을 들으니, 지금까지 회사 생활은 다 연기였구나 싶더라고요. 아직도 이런 사실이 믿기지 않지만, 이런 숨겨진 얼굴을 가진 사람인 줄 몰랐어요." 신변 보호를 위한 변조된 목소리가 스피커로 흘러나왔다. 차 안에서 흘러나오는 뉴스가 준혁의 마음을 더욱 짓눌렀다. 이어 음악이 바뀌며 노부부의 과거 모습과 함께 그들이 세운 재단에 관한 이야기가 흘러나왔다.

"살해된 노부부의 선행도 함께 보도되며 많은 이들의 안타까움을 자아내고 있습니다. 노부부는 어려운 사람들을 위해 재단을 설립하고 장학금을 지원했으며, 마약중독자와 도박중독자 등을 성심성의껏 치료하고 상담소와 보호소도 운영하고 있었습니다. 그리고 힘든 이들을 위해 무이자로 대출까지 해

주면서 많은 사람들의 삶에 희망을 주었던 이들이었습니다. 그렇게 열심히 남을 위해 희생하며 살았지만…"

뉴스에서는 부모님의 선행에 대해 꽤 많은 시간을 할애해서 내보내고 있었다. 부모님의 선행 소식을 듣던 준혁은 꾹 참아왔던 울음이 결국 터지고 말았다. 병원에서 부모님의 시신을 마주한 순간, 준혁은 숨이 멎는 듯한 충격을 받았다. 특히나 아버지의 몸은 평온했던 생전 모습과 달리 참혹하게 훼손되어 있어 충격을 더했다. 준혁은 무릎을 꿇은 채 손으로 입을 가렸다. 눈물은 볼을 타고 하염없이 흘러내렸고, 누군가가 이 모든 것이 꿈이라고 말해주기를 바랐다. 이런 상황을 받아들일 수 없었다.

순간 부모님과 자라왔던 기억이 머릿속을 스쳤다. 준혁이 어렸을 적 아버지는 공무원이었다. 꽤 안정된 직장으로 여겨졌지만, 보이는 게 전부는 아니었다. 아버지는 직장에서 매일 긴장했고, 집에 돌아오면 불안한 눈빛으로 창밖을 바라보곤 했다. 어느 날 갑자기 아버지는 발작을 일으키듯 숨이 막힌다고 말하며 주저앉았다. 그때는 잘 몰랐다. 공황장애라는 단어도 몰랐고, 아버지가 겪는 고통의 깊이도 몰랐다. 결국 아버지는 내몰리듯 직장을 떠났다. 이후 어머니가 가장이 되어 집안을 이끌었다. 어머니는 가정부가 되어 남의 집 청소와 설거지를 하며 우리 가족의 끼니를 챙겼다. 힘든 일을 하고 돌아와도 힘든 내색 한번 하지 않았다. 하지만 준혁은 어머니의 힘듦을 알았다. 어머니가 밤마다 손목을 주무르며 홀로 숨죽여 우는 소리를 들었기 때문이다.

가난한 준혁의 가족을 가엾게 여긴 동네 사람들은 도움의 손길을 내밀었다. 옆집 아저씨는 남은 빵과 우유를, 건너편 집 아주머니는 김장 김치를, 반찬가게 사장님은 남은 반찬을 챙겨주었다. 그렇게 준혁의 가족은 동네 사람들의 온정을 먹으며 살았다. 그래서였을까. 준혁은 일찍 철이 들었고, 열심히 공부한 끝에 대학을 우수한 성적으로 졸업하고 곧바로 대기업에 입사할 수 있었다. 준혁의 부모님은 아들이 첫 직장을 갖게 되자 도움을 주었던 주변 이웃들을 챙기기 시작했고, 도움이 필요한 사람들을 본격적으로 돕기 시작했다.

"제 월급의 20%는 주변 사람들을 돕는 데 쓸게요." 준혁 또한 부모님의 선행에 동참했다. 부모님은 미소 지으며 고개를 끄덕였다. 그렇게 준혁의 부모님은 동네 어려운 아이들에게 책과 옷을 사주기 시작했고, 어르신들의 병원비 등을 지원했다. 처음엔 그저 작은 선행이었다. 하지만 진심은 사람을 움직이는 법. 점점 사람들이 그들의 선행에 감동했고 후원금이 모이기 시작했다. 그리고 마침내 '희망재단'이라는 이름으로 공식적인 기관을 만들어 선행을 더 크게 할 수 있게 되었다.

그렇게 살아왔던 부모님이 이렇게 허망하고 잔인하게 죽임을 당했다니 받아들일 수 없었다. 만약 시간을 되돌릴 수 있다면 억울한 죽음에서 어떻게든 피하게 하고 싶었다. '세상을 위해 희생한 대가가 고작 이것이란 말인가…' 하늘이 원망스러웠다. 오히려 남을 위해 희생하며 살면 더 행복해야 하는 것이 아니냐며 하늘을 원망했다. 준혁의 분노는 더해졌다.

같은 시각, 용의자 차혁진을 취조하던 형사 병찬과 희성은 계속해서 벽에 부딪혔다. 희성은 그의 얼굴을 노려보며 목소리를 높였다.

"차혁진! 이렇게 입을 다물고 있는 게 무슨 도움이 된다고 생각해요? 이렇게 나가면 더 불리해질 뿐입니다. 뭐라도 말해야 우리가 정상참작이라도 해줄 거 아닙니까!"

그러나 차혁진은 눈길조차 돌리지 않았다. 의자에 앉아 무표정한 얼굴로 희성의 말을 흘려보냈다. 그의 손은 수갑에 묶여 있었지만, 그가 뿜어내는 냉랭한 기운은 방 안을 가득 채웠다. 병찬은 한숨을 쉬며 나섰다.

"그렇게 계속 시간만 끌어봤자 아무 소용이 없어요! 쉽게 갑시다. 쉽게."

차혁진의 무응답에 답답해진 희성은 책상을 쾅 치며 소리쳤다.

"도대체, 왜 그랬어? 무슨 이유로 그런 짓을 한 거냐고?!"

그러나 차혁진의 눈은 잠시 미세하게 흔들렸을 뿐 여전히 단단히 닫혀 있었다. 그는 완벽하게 침묵했고, 왜 그런 짓을 했는지 어떤 단서도 내비치지 않았다. 수사는 답보 상태에 빠졌고, 그가 정말로 돈을 노린 것인지, 아니면 다른 복잡한 이유가 있었던 것인지 추측만 무성하게 만들 뿐이었다.

부검과 법적 절차가 마무리된 뒤, 사건 발생 나흘 만에야 준혁은 부모님의 시신을 인도받을 수 있었다. 언론이 쉬이 흥분을 가라앉히지 않는 상황이었기에, 장례식은 가족과 가까운 친척들만 모여 조용히 치러졌다. 부모님이 설립한 희망재단에서도 재단 건물 내 추모 공간을 별도로 마련해 깊은 애도의 마음을 표했다. 부모님이 세상을 떠났다는 사실을 여전히 믿기 힘들었지만, 관 앞에서 준혁은 어쩔 수 없이 그 진실을 마주했다. 그는 부모님이 걸어온 선행의 발자취를 지우지 않겠다는 결심을 다시금 되새겼다. 장례 후, 귀가하던 준혁은 한 기자에게 인터뷰를 요청받았다. 이목이 쏠린 사건이라, 부모의 죽음을 직접 전하는 '아들'의 목소리를 보도하고 싶다는 것이었다. 준혁은 마다하지 않고 인터뷰에 응했다.

"세상을 위해 헌신해 오셨던 부모님이, 상상하기조차 힘든 일을 겪으셨습니다. 마지막 모습이 너무도 처참해서… 그 장면이 평생 지워지지 않을까 두렵습니다."

말을 잠시 멈춘 준혁은 떨리는 목소리를 억누르며 다시 이어갔다.

"부모님이 걸어오신 길을 제가 이어가겠습니다. 부모님께서 하셨던 것처럼 많은 사람들에게 희망을 줄 수 있도록 힘써보겠습니다. 그것만이 부모님께 드릴 수 있는 마지막 효도라고 믿습니다."

준혁은 눈물을 글썽이며 고개를 숙였다. 잠시 후 분노에 찬 눈빛으로 다시 고개를 들어 용의자를 향해 말했다.

"당신, 도대체 왜 그랬어? 부모님께서 대체 뭘 잘못했길래 그렇게 잔인한 짓을 저질렀어? 난 절대로 널 용서할 수 없다.

절대로."

이 인터뷰로 인해, 잠시 가라앉던 여론이 다시 들끓었다. '광기의 살인마' 차혁진을 향한 분노가 재점화된 것이다.

집으로 돌아온 준혁은 상속 신고를 위해 부모님의 재산을 조회했다. 그런데 화면에 찍힌 숫자를 보는 순간, 숨이 막혔다.

'62억 3천,,,'

부동산을 제외하고도 예금으로만 62억 원이 넘었다. '어떻게… 부모님이 이런 돈을 가지고 있었지?' 등줄기에 식은땀이 흘러내렸다. 평생 희망재단 운영과 기부 활동만 보아온 준혁에게, 이 거액의 상속재산은 이해하기 어려운 수수께끼였다. '어디서 이렇게 많은 돈이…' 다시금 모니터 속 숫자를 응시하며 깊은 생각에 잠겼다. '아! 혹시 희망재단의 재산인 건 아닐까?' 준혁은 곧장 희망재단 고문 변호사에게 전화를 걸었다.

"변호사님, 부모님 상속재산을 조회하고 있습니다. 혹시 상속재산에 희망재단 자금이 섞여 있는 겁니까?"

"아닙니다. 희망재단은 비영리법인이라 별도의 법적 인격을 갖습니다. 재단 명의로 모인 돈과 부동산은 모두 '공익 목적' 자산이죠. 설립자의 자녀라도 개인 상속으로 가져올 수 없습니다."

준혁은 궁금증을 갖고 더 적극적으로 물었다.

"그럼, 희망재단 이사장 공백은 어떻게 처리되나요?"

"정관에 따라 이사회가 열립니다. 희망재단의 경우 정관에 30일 이내 이사회를 열도록 정해져 있죠. 이사 과반이 찬성하면 새 이사장을 선임하고, 결과를 관할 관청에 신고하면 절차는 끝입니다. 다시 한번 말씀드리면 재단은 상속되지 않습니다."

준혁은 모니터 속 '62억'이라는 숫자를 다시 바라보며 물었다.

"그렇다면 설립자의 자녀가 아닌 다른 사람이 이사장이 될 수도 있다는 얘기군요?"

"네. 맞습니다."

"그렇다면 재단 자산 규모를 확인하려면 어떻게 해야 합니까?"

"유족 자격으로 재산 열람 신청을 하실 수 있습니다. 제가 지금 바로 접수하겠습니다."

"부탁드립니다."

준혁은 큰 한숨을 내쉬었다. 이건 단순한 유산 이상의 의미를 담고 있는 것이 분명했다. 준혁은 회사에 긴 휴가를 냈다. 살인사건의 원인, 그리고 부모님이 남긴 막대한 재산의 출처를 파악하기 위해서였다.

한편, 경찰 수사는 여전히 답보 상태에 빠져 있었다. 준혁은 매일 밤 악몽에 시달리며 부모님의 억울함을 떠올렸다. '부모님을 살해한 이유가 무엇일까?'라는 질문이 머릿속을 떠나지 않았다. 답답한 마음에 결국 그는 병찬 형사에게 전화를 걸었다.

"형사님, 차혁진… 아직도 입을 열지 않습니까?"

전화기 너머 병찬의 한숨이 길게 이어졌다.

"네, 여전히 묵비권을 행사하고 있습니다. 저희도 매우 답답한 상황입니다."

잠시 침묵이 흐른 뒤 병찬이 조심스럽게 말을 이었다.

"준혁 씨, 혹시… 직접 차혁진을 만나보시겠습니까?"

준혁은 귀를 의심했다.

"제가 직접 만나도 되는 겁니까? 유가족은 피의자와 접촉이 금지된 것으로 들었습니다만…"

병찬이 잠시 머뭇거린 후 낮고 신중한 목소리로 말했다.

절망과 희망

"사실 공식적인 규정상 유가족이 피의자를 직접 만나는 건 허용되지 않습니다. 다만, 이번 사건처럼 피의자가 철저하게 침묵하는 경우, 심리적 접근을 통한 자백 유도라는 예외적인 수사방식이 허용될 수 있습니다. 물론, 거기서 나온 진술들이 증거로는 인정되기 어려울 수 있지만요. 제가 한번 잘 풀어보겠습니다."

준혁의 심장이 다시 빠르게 뛰기 시작했다. 그는 잠시 망설였지만 이미 마음속 결론은 내려져 있었다.

"그렇다면 만나보겠습니다. 직접 만나면 차혁진이 진실을 말할 수도 있겠지요. 그가 왜 부모님을 죽였는지, 그 이유만큼은 제 귀로 직접 듣고 싶습니다."

병찬이 진지하게 답했다.

"저도 솔직히 기대하고 있습니다. 준혁 씨로 인해 차혁진이 심경의 변화를 일으켜 이 사건의 진실을 밝히는 결정적인 돌파구가 될 수 있기를 말입니다. 다만… 감정을 잘 다스리셔야 합니다. 흥분하거나 충돌이 생기면 면회는 중단되고 이 모든 것이 허사가 됩니다."

준혁은 병찬의 말을 새기며 대답했다.

"걱정하지 마십시오."

병찬은 통화가 끝난 후 곧바로 준혁의 비공식 면회 요청을 올렸다. 경찰 상부도 차혁진의 묵비권을 흔들 수 있는 수단이라고 판단했고, 이준혁과 차혁진의 대면을 승인했다. 이준혁은 이번 기회를 통해 왜 그런 끔찍한 짓을 저질렀는지, 차혁진의 진짜 속내 알아내기를 원했다. 복수심과 진실에 대한 갈망이 뒤엉켜 그를 괴롭혔고 하루빨리 진실을 알아내고 싶었다. 병찬도 이 면회를 통해 뭔가 얻을 수 있을 거라 기대했다. 그렇게 이틀 후, 준혁과 차혁진의 면회가 잡혔다.

3화

면회 날, 준혁은 형사 희성의 안내를 받아 경찰서 면회실로 들어갔다. 장례 이후 쌓인 감정이 고조된 상태에서 차혁진을 마주한 그는, 겨우 붙잡고 있던 평정심을 잃지 않으려 애썼다. 수갑에 묶인 차혁진은 고개를 들어 준혁을 보았다. 잔혹한 살인자로 언론에 묘사된 그의 얼굴에는 분노와 허탈함이 뒤엉킨 듯한 눈빛이 서려 있었다. 입가에 비딱한 웃음이 떠오르자, 준혁의 분노가 더욱 치밀어 올랐다. 준혁은 차혁진을 똑바로 바라보며 앉았다. 그리고 차갑게 물었다.

"내가 누군지 알죠?"

차혁진은 경멸 어린 시선으로 준혁을 훑었다. 그 눈빛에는 여전히 식지 않은 증오가 도사리고 있었다. 준혁은 감정이 순간 흔들렸지만, 다시 한번 꾹 참았다.

"왜 그랬어?"

차혁진은 대답 대신 침묵했다. 냉소적인 시선만 준혁에게 던졌다. 준혁은 참았던 감정이 북받쳐 올라 다시 물었다.

"돈 때문인가? 아니면 다른 이유가 있나? 도대체 무슨 이유로 그렇게 잔인한 행동을 한 거지?"

한참 정적이 흐른 뒤, 차혁진이 낮은 목소리로 입을 열었다.

"이유가 있었지, 충분히 그럴만한."

싸늘한 목소리에 살기가 묻어났다. 준혁은 마음이 흔들렸다.

"그래, 이유가 있었겠지. 그게 뭔데. 도대체 부모님이 뭘 잘못했길래 그렇게까지 했어?"

준혁의 목소리에는 분노와 슬픔이 뒤섞여 있었다. 차혁진은 냉철하게 답했다.

"너도 같은 피가 섞여 있으니 그들과 다르지 않을 거다. 그러니까 말해봤자 의미가 없다."

준혁은 숨이 턱 막히는 기분이 들었다.

"다르지 않다니? 그게 무슨 소리야?"

그러나 차혁진은 더 이상 입을 열지 않았고, 입회한 경찰관을 호출해 면회를 끝내달라며 나가려 했다. 준혁은 애써 참아왔던 평정심을 잃으며, 나가려고 하는 차혁진을 향해 소리쳤다.

"야, 이 개새끼야! 그 이유가 뭐냐고! 너 딸도 그렇게 죽였냐? 야, 이 새끼야. 이유를 말해달라고!"

나가려던 차혁진이 잠시 멈춰 섰다. 그리고 준혁을 향해 아까와는 다른 힘이 없는 말투로 말했다.

"희망재단! 내 딸이 어떻게 되었는지는 거기서 알고 있다."

차혁진은 떠났고 준혁은 큰 충격을 받았다. 병찬은 차혁진의 입에서 희망재단이 언급되자 눈살을 찌푸렸다. 그렇게 면회는 끝났고, 준혁은 더욱 혼란스러워졌다. 그동안 쌓인 의문이 풀리기보다는 오히려 새로운 수수께끼만 늘어날 뿐이었다. '희망재단에서 차혁진 딸의 행방을 안다고?', '돈 문제였을까? 부모님과는 무슨 일이 있었던 것일까? 차혁진을 그토록 잔인하게 만든 것은 무엇이었을까? 준혁은 한 손으로 이마를 짚었다. 떠오르는 의문들이 점점 머릿속을 어지럽혔다. '그 많은 돈은 과연 어디서 온 걸까? 희망재단 말고 다른 일을 하셨던 것인가?' 그는 속에서 끓어오르는 불안감을 참으려 했지만, 돌아가는 내내 의심과 혼란만이 더 커져만 갔다. 그는 어떻게든 이 상황을 납득하고 싶었다. 지금껏 믿어온 부모님의 모습이 단순한 착각이 아니길 바랐다. 그러나 머릿속 깊은 곳에서는 다른 목소리가 속삭이고 있었다. '만약… 내가 믿어왔던 모든 것이 거짓이었다면?'

형사 병찬은 면회가 끝나자마자 곧바로 차를 몰아 어디론가 향했다. 그가 도착한 곳은 겉보기에는 평범한 건물이었고, 건물 위쪽에는 '희망재단'이라는 간판이 걸려 있었다. 주차를 마친 병찬은 바삐 건물 안으로 들어갔다. 건물 내부는 외관과 달리 한없이 고급스러웠다. 샹들리에가 은은히 빛났고, 대리석 바닥이 반들거렸다. 벽면에는 값비싼 미술 작품들이 걸려 있어, 5성급 호텔 로비를 연상케 했다. 직원들 역시 깔끔한 정장을 입고 있었지만, 어딘가 거친 기운이 풍겼다. 조직폭력배의 냉혹함이 묻어나는 말투와 표정들, 진정 이곳이 어려운 사람들을 돕는 재단인가 싶을 정도로 이질적이었다. 병찬은 7층 엘리베이터 문이 열리자마자, 로비 앞에 앉아 있는 비서에게 고개를 살짝 숙였다.

"안녕하세요. 오늘도 수고 많으십니다."

"어서 오세요, 형사님."

비서는 익숙하다는 듯 미소를 건넸다. 병찬은 비서의 안내를 받지 않고 곧장 복도 끝으로 발걸음을 옮겨 '이사 진승일' 명패가 붙은 문을 열고 들어갔다. 안쪽에서는 진승일이 두 직원과 낮은 목소리로 서류를 검토하고 있었다. 병찬이 나타나자, 그는 눈길만 살짝 들어 올린 채, 놀란 기색도 없이 말했다.

"오셨어요, 형사님."

"늘 바쁘시네요."

병찬은 마치 제자리인 듯 맞은편 소파 의자에 앉았다. 두 사람 사이엔 오래된 익숙함과 팽팽한 긴장감이 동시에 흘렀다. 잠시 후 두 직원은 진승일에게 깍듯하게 인사한 후 방을 나갔고, 진승일은 자리에서 일어나 소파로 향했다.

"차혁진, 그 나쁜 놈… 뭔가 진술한 것이 있나요? 전 어떻게든 고인이 되신 이사장님의 복수를 대신하고 싶습니다."

병찬은 미간을 살짝 찌푸리며 답했다.

"차혁진이 말하길… 실종된 딸의 행방은 희망재단이 알고 있을 것이라고 말했습니다."

"네? 희망재단에서 알고 있다고요? 희망재단의 일은 웬만한 것들은 제가 다 알고 있는데, 차혁진이 왜 그런 말을 했는지 이해할 수가 없네요."

진승일은 알 수 없다는 표정을 지으며 말했다. 병찬은 복잡한 기색을 숨기며 물었다.

"혹시 예상되는 것은 없나요? 차혁진의 진술로는…"

진승일은 잠시 생각하더니 병찬을 바라보며 답했다.

"혹시 조대식을 얘기하는 걸까요?"

"조대식이요?"

병찬은 본인의 귀를 의심하며 되물었다.

"예, 조대식… 돈이 되는 일이라면 가리지 않고 하는 악질적인 놈이요."

진승일은 한숨을 내쉬며 고개를 저으며 말했다.

"희망재단의 어두운 부분일 수 있는데, 조대식이 하는 불법적인 일을 막기 위해서 저희가 돈을 지불한 적이 있었어요. 조대식은 불법체류자들을 감금하고 착취해서 악랄하게 돈을 챙기고 있었어요. 잡혀 있는 인질들을 구하기 위해서 희망재단이 대신 돈을 지불하고 그들을 구해주었어요. 그런데 불법적인 일을 멈추기는커녕 오히려 더 많이 해서 더 큰 돈을 요구해서 큰 고민에 빠졌던 적이 있었습니다. 조대식과의 거래를 이사장님은 크게 후회하셨고, 저 또한 아직도 불편함이 남아 있는 상황입니다."

"생각해 보니 예전에 한번 형사님과 희망재단에서 만나지 않았나요?"

순간 조대식을 처음 만났던 때가 스쳐 지나갔다. 다섯 해 전이었다. 병찬은 희망재단 로비에서 우연히 조대식을 처음 만났다. 당시 재단 관련 사건으로 잠시 들른 자리였는데, 그때 함께 있었던 진승일 이사가 조대식을 소개해 줬다.

"처음 뵙겠습니다. 조대식입니다."

그는 낡은 가죽 재킷에 카고바지를 입은 허름한 옷차림이었지만, 눈빛만큼은 음산한 기운이 스며 있었다. 조대식은 병찬을 빤히 훑어보더니, 갑자기 악수를 청했다. 악수라고 하기에는 힘이 과하게 실린, 마치 상대를 테스트하듯 손가락 마디 하나하나를 꽉 쥐어오는 느낌이었다. 손목에는 거친 삶을 살아온 흉터들이 남아 있었다.

"몸 참 좋네요. 아주 좋아~"

조대식은 병찬의 손목을 살짝 당기면서 어깨에도 손을 얹었다. 겉으로는 온화하게 인사하고 있었지만, 조대식의 손끝이 전해주는 감각은 마치 자신이 상품 가치를 평가받는 물건에 불과하다는 인상을 심어줬다. 병찬은 본능적으로 움츠러들었다. 그의 시선은 사람을 보는 눈빛이 아니라, 정육점에서 고기의 품질을 감정하는 듯한 기묘한 불쾌함이 섞여 있었다. 얼마나 튼튼한지 가늠하는 것처럼, 웃는 표정으로 병찬의 팔뚝과 허리를 스캔하는 모습이 섬뜩했다.

"아주 좋아요. 힘 좀 쓰겠어. 어딜 가도 몸 쓰는 일은 잘하겠군요."

잠시 후 조대식은 의미심장한 미소와 함께 잡은 손을 놓았다. 병찬은 '이 사람, 제정신이 아닌 것 같다'라는 직감을 느끼며 낯선 공포감에 식은땀이 흘렀다. 그게 병찬과 조대식의 첫 만남이었다. 그리고 그 후로도, 조대식의 그 기묘한 눈빛과 손끝에 느껴졌던 감각은 수시로 떠올라 병찬을 섬뜩하게 만들었다.

"네… 얼핏 기억납니다."

병찬은 진승일을 바로 보며 조용히 답했다. 그러자 진승일은 갑자기 목소리를 낮추며 병찬을 바라봤다.

"형사님, 차혁진 이놈 때문에 희망재단이 해야 할 좋은 일들이 많은데 많이 늦어지거나 중단되었어요. 곧 이사장 선출

이 있을 텐데 제가 이사장님의 뜻을 잘 이어받아 하루빨리 희망재단의 일을 정상화할 겁니다."

"그럼, 아들인 이준혁이 동의할까요? 아마도 본인이 재단을 물려받아 부모님의 뜻을 잇고자 하는 것 같습니다만…"

"재단과 같은 비영리법인은 상속이 안 돼요. 그래서 곧 이사회를 열어 이사장을 뽑아야 하죠. 이사장님이 살아생전에 아들에게는 물려주지 않을 것이라고 얘기한 적이 있어요. 아들은 아들 스스로 개척한 길을 가게 하는 것이 돌아가신 이사장님의 뜻이었습니다. 제가 새로운 이사장이 되는 것이 이사장님의 뜻입니다."

"네, 그렇군요. 잘 되었으면 좋겠습니다. 좋은 소식 기원하겠습니다."

"응원 감사합니다. 아, 참!"

진승일이 병찬에게 미간을 찌푸리며 말했다.

"저희가 재단 회계감사를 하고 있는데 말이죠. 30억 정도 되는 현금이 사라졌어요. 분명 어딘가에 있을 것 같은데… 이 사실이 알려지면 희망재단도 곤란해질 수 있어서 꼭 찾아야 합니다."

"그 큰돈이 사라졌다고요? 추정되는 곳은 없나요?"

병찬이 물었다.

"차혁진이 알고 있을 것 같은데… 아마도 30억을 노리고 차혁진이 이사장님을 그렇게 했을 것이라고 추측하고 있습니다."

"네, 알겠습니다. 30억의 행방도 힘이 닿는 데까지 한번 알아보겠습니다."

병찬은 자리에서 일어났고, 진승일은 공손히 고개 숙여 인사했다.

"그럼, 꼭 진실을 밝혀주세요. 부탁드리겠습니다."

4화

다음 날 준혁의 집에 초인종이 울렸다. 집 앞에 낯선 남자가 서 있었다. 인터폰에 비친 모습은 깔끔한 정장 차림에 날카로운 인상을 풍기는 사람. 자세히 보니, 희망재단의 진승일 이사였다. 준혁은 순간 옛 기억에 부모님이 가장 신뢰했던 사람이라는 것도 떠올랐다.

"아, 이준혁 씨. 집에 계시는군요."

진승일은 환한 미소를 띠며 말했다.

"진승일… 이사님이시죠? 무슨 일로 여길…"

준혁은 당황하며 그를 집 안으로 들여야 할지 잠시 고민했다. 이내 준혁은 집 문을 열었고, 진승일은 깍듯하게 인사한 후 신발을 벗고 집 안으로 들어왔다. 진승일은 집을 빠르게 스캔하듯 둘러보며 말했다.

"집이 깔끔하게 잘 정리되어 있네요. 부모님 댁과는 느낌이 또 다르군요."

그는 거실을 둘러보며 가볍게 웃었지만, 준혁에게는 이 상황이 불편하게 느껴졌다.

"그냥 평범한 집입니다."

"사모님과 아이들은 다시 해외로 나갔나요? 캐나다에 거주하고 계신다고 했죠? 나중에 안부 전해주세요."

준혁은 진승일의 말에 불편함을 느꼈지만, 예의상 답했다.

"장례 잘 마치고 다시 캐나다로 잘 돌아갔습니다. 제 가족에 대해 어떻게 아시는지는 모르겠지만… 안부 전하겠습니다. 여기 앉으시죠."

거실 테이블에 마주 앉은 두 사람 사이에 묘한 침묵이 흘렀다. 진승일이 먼저 입을 열었다.

"3주 후에 이사회가 열린다는 연락, 받으셨죠?"

준혁은 고개를 끄덕였다.

"네. 그래서 저도 준비를 조금씩 하려던 참이었습니다."

"그렇군요."

진승일은 의자 등받이에서 등을 떼고 준혁을 향해 몸을 기울이며, 손가락을 깍지 꼈다.

"직접 경영에 참여하시려고요? 아무래도 고인이 되신 부모님께서 운영하시던 재단이니까, 마음이 쓰이는 것 이해합니다."

"부모님의 뜻을 이어가고 싶어서요."

준혁은 목소리를 낮게 깔았다.

"제가 알지 못했던 부분도 많아서, 재단 일이 어떻게 돌아가는지 파악해야 하고요."

진승일은 심각한 표정을 지으며 말했다.

"파악이라… 하지만 아드님이 경영에 직접 발을 들이시면, 재단이 혼란에 빠질 수 있다는 것을 아시나요? 저희는 이미 다양한 사업을 진행 중이고, 내부 구조도 간단치 않거든요."

준혁은 눈살을 찌푸렸다.

"그 말의 의미는… 재단에 관여하지 말라는 말처럼 들리는데요?"

"에이, 무슨 말씀을 그렇게. 저는 그저 효율적인 운영을 걱정하는 것뿐입니다."

진승일은 가볍게 손사래를 쳤다.

"재단 설립자이신 이사장님께서도 그걸 원하셨고요. 아드님이 재단 운영에 깊이 관여하면, 여러모로 문제가 생길 수 있음을 염려하셨습니다. 저는 그런 뜻을 받들고 있을 뿐입니다. 대신 희망재단에서는 준혁 씨에게 경영에는 관여하지 않아도 이사장급의 대우를 약속하겠습니다."

잠시 정적이 흘렀다. 준혁은 고개를 돌려 창밖을 보며 한숨을 내쉬었다.

"뭐, 일단은 알겠습니다. 그러나 저는 제 몫을 다하고 싶은 마음이 큽니다. 부모님께서 20년 넘게 키워오신 재단이니까요. 그리고… 부모님이 남긴 재산도 생각보다 많아서, 혹시 희망재단에 환원할까도 고민하고 있습니다."

그 순간, 진승일의 눈빛이 살짝 반짝였다.

"음, 재산 말씀이죠. 고인이신 이사장님께서 제법 큰 금액을 남기셔서… 준혁 씨도 많이 놀라셨겠어요. 그런데 혹시…"

그는 말을 잠시 흐렸다가, 말을 이어갔다.

"다량의 현금도 혹시 있었나요? 예를 들면, 30억 정도 되는 현금이라든가."

준혁은 의아한 표정으로 되물었다.

"30억의 현금이요? 그런 얘기는 첨 듣는데요."

"아, 그렇습니까?"

진승일은 능청스럽게 웃으며 자세를 고쳐 잡았다.

"과거에 이사장님께서 따로 관시하시던 재단 자금이 있다는 얘기가 있었거든요. 장부에는 없는, 순수 현금 형태로요. 혹시 상속 과정에서 그런 부분을 발견하신 건 아닐까 해서 여쭤본 거예요. 혹시나 그런 내용이 있다면 저희도 알아야 하지 않겠습니까? 원칙적으로는 희망재단의 돈이니까요."

준혁은 미간을 찌푸렸다.

"글쎄요, 저는 아직 그런 건 모릅니다. 희망재단 장부에 기록되지도 않은 30억의 현금이 있다는 것도 이해가 잘 안되네요."

진승일은 모호하게 웃었다.

"아, 혹시나 하는 얘기죠. 그냥 흘려들으세요. 혹시라도 그 돈이 발견되면 바로 알려주시길 부탁드립니다."

"혹시, 다른 의도가 있는 것은 아니신 건지…"

준혁의 목소리엔 의심이 서려 있었다. 진승일은 테이블 위에 손을 얹고 가볍게 웃었다.

"이사장이 바뀌는 시점에 재단의 재정도 투명하게 해 놓아야 하니까요. 그리고 제가 재단을 더 잘 운영하려면 이런 것들이 잘 정리되어야 되지 않겠습니까? 아드님이신 준혁 씨가 도와주시면 더 좋고요."

"네, 30억의 행방을 알게 되면 연락드리지요. 그리고 저는 여전히 부모님의 뜻을 이어받아 희망재단을 운영할 생각입니다."

준혁은 진승일을 주시하며 단호하게 말했다.

"준혁 씨, 의사 존중합니다. 하지만 불필요한 에너지를 쓰는 것은 아닌지 걱정이 됩니다."

"그건 이사회에서 결정해야겠죠."

준혁은 허리를 곧추세웠다.

"3주 뒤에 뵙겠습니다. 그때 가서 재단 운영에 관해서도 좀 더 이야기 나누죠."

진승일은 일어나며, 보이지 않는 기싸움을 끝낸 듯 미소를 지었다.

"일단 이사회가 열릴 때까지는 재단 운영에 혼란이 없도록 경영 개입은 자제해주시길 부탁드립니다. 제가 책임지고 신속히 정상화하겠습니다."

진승일의 말을 들은 준혁은 아무 말 없이 고개만 끄덕였다. 현관문이 닫히자, 집안은 다시 적막에 잠겼고 준혁은 혼란에 빠졌다. '30억…? 정말 부모님과 연관된 돈이 맞는 걸까? 진승일 이사, 그가 진심으로 부모님이 믿었던 사람인가?' 순간 재단 재산 열람 신청을 진행했다는 사실이 떠올랐다. 준혁은 급히 변호사에게 전화를 걸었다.

"변호사님, 지난번 신청했던 희망재단 재산 열람 건 어떻게 되었습니까?"

변호사는 직원과 잠시 자료를 확인한 후 차분하게 답했다.

"네, 어제 이사회로부터 '열람 수용' 회신을 받았습니다. 다만 VDR이라는 뷰 전용 서버를 통해서만 열람이 가능하다고 합니다. 사무실에 방문해 주시면 제가 직접 안내해 드리겠습니다."

준혁은 곧바로 법무법인 사무실로 향했다. 도착하자 변호사는 미리 준비해 놓은 회의실로 준혁을 안내했다. 잠시 후 희망재단 자산 내역이 담긴 페이지가 화면에 떴다. 나타난 숫자를 보는 순간 준혁과 변호사는 말을 잇지 못했다. 순자산 800억 원. 현금성 자산은 물론 서울 시내 주요 빌딩, 지방 물류 창고, 심지어 유명 대기업 우선주까지, 그 규모는 상상했던 것을 훨씬 초과하고 있었다. 변호사 역시 믿기지 않는 듯 숫자를 여러 번 다시 확인했고, 준혁 또한 마찬가지였다. '재단 규모가 이 정도였다고…? 부모님은 이 막대한 자산을 어떻게 모은 거지? 정말 선행과 기부만으로 가능한 일일까?'

  혼란이 준혁의 머릿속을 지배하기 시작했다. 무엇보다 진승일이 이 모든 사실을 알고 있었을지 모른다는 생각이 그의 마음을 더 불편하게 만들었다. 막대한 자산을 둘러싼 이해관계와 숨겨진 비밀들이 점점 뚜렷한 실체로 다가오는 듯했다. '이만한 돈이라면 욕심을 내는 사람이 반드시 나타날 거야. 진승일도 이미 무슨 계획을 세우고 있을지 몰라.' 준혁은 무의식적으로 주먹을 꽉 쥐었다. 어둠 속에 감춰졌던 진실들이 서서히 모습을 드러내고 있었다. 그리고 그 진실에 가까워질수록 준혁의 두려움 또한 점점 더 커져만 갔다. 그날 밤 준혁은 심한 자책감과 함께 수많은 질문이 꼬리에 꼬리를 물고 그의 머릿속을 맴돌아 잠들지 못했다. 그동안 부모님을 너무 모르고 본인만을 위해 살아왔다는 것. 그리고 부모님이 돌아가시게 된 이유를 알지 못하는 것, 진실을 알아도 부모님을 다시 살려낼 수 없다는 것, 그리고 희망재단에 대한 궁금증과 수많은 후회와 의혹이 쌓여 준혁을 괴롭혔다.

준혁은 답답한 마음을 SNS에 표현했다.
'저는 불효자였습니다. 부모님이 돌아가신 후 하루하루가 고통 그 자체입니다. 나름 부모님께 효도하고 살아왔다고 자부했지만 되돌아보니 지금까지 너무 저만을 위해 살아왔고, 그동안 부모님을 너무 몰랐던 것 같습니다. 2주 전 부모님은 잔인한 일을 당하셨습니다. 부모님이 돌아가신 이유를 알 수 없어 답답합니다. 살인자는 답이 없습니다. 너무나도 선하셨던 분들이 왜 그런 끔찍한 일을 당해야 했는지 도저히 이해할 수 없습니다. 하늘은 너무 불공평한 것 같습니다. 저에게 시간을 되돌릴 수 있는 능력이 있다면 부모님을 꼭 제 손으로 살리고 싶습니다. 제 전 재산을 걸더라도!'

글을 올리자 수많은 응원 메시지가 이어졌다. 다음날, 익명의 한 사람이 준혁에게 메시지를 보내왔다.

"제가 그 소원 이뤄드릴 수 있습니다. 만약 부모님을 살릴 수 있다면, 어디까지 할 수 있겠습니까?"

#5화

준혁은 수많은 격려의 메시지에 힘을 얻었다. 그러나 부모님을 살려줄 수 있다는 익명의 메시지를 확인한 순간, 화가 치밀어 올랐다. 그 메시지는 단순히 거짓된 희망을 주는 것 이상으로 준혁의 감정을 자극했고, 그의 슬픔과 분노를 다시 끓어오르게 했다. '가장 소중한 사람이 죽었는데 이런 장난을 치다니? 도대체 무슨 의도로 이런 말을 하는 거지?' 처음에는 무시하려 했으나, 분노가 점점 솟구쳐 올랐다. 준혁은 답장을 보내기로 결심했다. 답장을 쓰다가도 화가 나 잠시 망설였지만, 그 감정을 꾹 누르며 답했다.

"저에게 가장 소중한 두 분이 운명하셨습니다. 그런데 이런 장난은 너무 심한 것 아닌가요? 고통을 겪는 사람에게 이런 말을 하는 건 비인간적인 것 같습니다."

최대한 예의를 갖추어 답장을 보냈다. 그러자 바로 답이 왔다.

"충분히 장난처럼 보일 수 있다는 것 알고 있습니다. 하지만 진실입니다. 부모님을 살려드릴 수 있습니다."

"제가 그 말을 어떻게 믿죠? 죽은 사람이 다시 살아난다는 게 말이 됩니까?"

"저도 이미 죽은 사람은 살릴 수 없습니다. 하지만 처음부터 죽지 않게 할 수 있다면 이야기는 달라지겠죠?"

말도 안 되는 대답에 준혁은 어이가 없었다.

"그건 또 무슨 말인가요? 과거로 시간을 되돌린다는 건가요? 저는 지금 너무 힘들어서 이런 대화 자체가 괴롭습니다. 이건 고인을 모독하는 것이고, 유가족을 괴롭히는 겁니다. 다른 사람에게는 이런 장난 하지 마세요!"

"그럼 어떻게 하면 믿으시겠습니까? 증명해 보이겠습니다."

상대방의 자신감 있는 말투에 준혁은 잠시 흔들렸다. '정말로 가능할까?'라는 생각이 머리를 스쳤다. 말도 안 되는 것 같았지만, 어차피 잃을 것도 없었다. 상대방은 계속해서 대화를 이어갔다.

"어차피 밑져야 본전인데 한 번 들어보기라도 하는 게 어떨까요? 실제로 과거를 바꾼 사람이 있습니다. 그 증거도 보여드릴 수 있습니다."

"타임머신이라도 타고 과거로 간다는 건가요?"

"직접 만나서 얘기하시죠. 이곳에 오시면 눈으로 직접 확인하실 수 있을 겁니다."

준혁은 메시지를 받은 뒤 한참을 망설였다. 모든 가능성을 숫자로 저울질해 왔던 성격상 평소 같으면 무시했을 낯선 연락이었다. 하지만 부모님을 잃은 충격과 혹시나 하는 작은 희망이 그 이성을 눌러 버렸다. 사기일 가능성이 압도적으로 높았지만, 그 연락을 받은 뒤부터는 '그래도 혹시… 시간을 되돌릴 수만 있다면'이라는 희망이 머릿속을 떠나지 않았다. 작은 희망의 불씨가 있다면 어떻게든 살려보고 싶었다. '그래, 밑져야 본전이다. 한 번 가보자.' 결국 준혁은 휴대폰을 집어 들고 답했다.

"어디로 가면 되겠습니까? 주소를 알려 주세요."

가는 길 내내 그의 머릿속은 혼란스러웠다. 부모님을 구할 수 있을지도 모른다는 희망과, 혹시라도 자신이 위험에 빠지게 될지도 모른다는 두려움이 뒤섞여 있었다. 준혁은 약속된 장소에 들어서면서 차창 너머로 낯선 풍경을 바라보았다. 인적이 드문 시외에 자리 잡고 있었지만, 창고를 개조한 듯한 건물은 꽤 커 보였고 외관은 깔끔했다. '이런 곳에서 무슨 일을 하는 거지?' 약속된 장소에 도착하니, 안경 쓴 키 작은 사람 한 명과 덩치 큰 세 명이 기다리고 있었다. 덩치 큰 사람들은 준혁이 다가오자마자 경계의 눈빛을 보내며 움직임을 주시하고 있었다. 이들이 단순한 연구소 직원은 아니라는 생각이 들었다. 준혁이 차에서 내리자, 키 작은 사람이 말을 걸었다.

"반갑습니다. 저는 이 연구소를 운영하는 장진호 박사입니다."

"안녕하세요. 이준혁입니다."

"뉴스에서 선생님의 안타까운 소식을 들었습니다. 그리고 SNS에 올린 글도 보았습니다. 그래서 제가 도움이 될 수 있을 것 같아 연락드렸습니다."

장진호 박사는 준혁의 표정을 살피며 말을 이어 나갔다.

"선생님을 여기로 부른 것은 단지 호기심 때문이 아닙니다. 우리는 정말로 세상을 바꿀 수 있는 기술을 가지고 있습니다. 일단 안으로 들어가시죠."

준혁은 장 박사를 따라 연구소 안으로 들어갔다. 연구소 내부는 완전히 다른 세계였다. 거대한 기계들이 무질서하게 늘어서 있었고, 각종 전선과 장비들이 복잡하게 얽혀 있었다. 낯선 형태의 기계들은 준혁에게 강한 이질감을 주었다. 벽에는 수많은 수학 공식과 그래프가 붙어 있었고, 연구원들은 피곤한 얼굴로 서류를 검토하거나 장비를 조작하고 있었다. 낮고 규칙적인 기계음이 공기를 가득 채웠다. 준혁은 주변을 둘러보며 질문했다.

"여기서는 무슨 연구를 하는 건가요? 왠지 평범한 연구소 같지는 않네요."

준혁은 의심스러운 눈길을 거두지 않았다. 장 박사가 미소를 지으며 대답했다.

"이곳은 말 그대로 세상을 바꾸기 위해 만들어진 곳입니다. 보이는 것들이 익숙하지 않으실 수 있지만, 모두 우리의 기술을 뒷받침하는 중요한 장비들입니다."

장 박사는 자랑스럽게 얘기하며, 여러 기계를 지나 박사의 연구실로 향했다. 연구실 안의 큰 화이트보드에는 수학 공식 같은 기호와 숫자들이 빼곡하게 적혀있었고, 수많은 서류가 쌓여 있었다. 장 박사는 일부 서류를 정돈하고, 준혁과 마주 앉을 수 있는 자리를 만들었다.

"이 기술은 부모님을 구할 유일한 기회가 될 수 있습니다. 물론 과학적인 근거가 부족해 보일 수 있습니다. 하지만 저희는 수년간 양자역학의 일부 이론을 기반으로 연구를 진행해 왔습니다."

"그래서 구체적으로 어떻게 할 수 있다는 말씀이죠?"

"단도직입적으로 말씀드리죠. 저희는 타임머신 기술을 가지고 있습니다."

장 박사는 준혁이 믿지 못할 것을 당연하게 생각하며 말을 이어갔다.

"여러 차례의 실패와 성공을 거쳐, 우리는 과거의 특정한 순간으로 이동하는 기술을 개발했습니다. 이 기술은 과거의 특정 시점으로 이동시킬 수 있어요."

장 박사는 준혁의 의심스러운 표정을 읽은 듯 말을 이어 나갔다.

"성공한 사례도 많습니다. 지금 여기서 그 증거들을 보여 드릴 수 있습니다."

준혁은 당황했다. '타임머신이라는 단어가 나오면 이건 사기다.'라고 생각하고 있었기 때문이다. 그의 설명은 비현실적이었지만, 그가 언급한 '양자역학'이라는 단어가 준혁의 호기심을 자극했다. 그리고 장 박사의 태도와 자신감에는 무언가 믿음직한 구석이 있었다. 준혁은 계속 이야기를 들어보기로 했다.

"우리는 양자 얽힘을 이용해 인간의 뇌파가 특정 기억을 기반으로 시간적 경로를 생성하는 기술을 개발했습니다. 저희가 개발한 장치로 특정 시점의 뇌파 데이터를 얽힘 상태로 유지하며, 그 데이터를 기반으로 정신을 과거로 보냅니다. 물리적 이동이 아니라 정신적 이동이기 때문에 현실과 과거 사이의 연결을 유지할 수 있습니다."

장 박사는 계속 말을 이어갔다.

"따라서 사람의 몸이 이동할 수는 없습니다. 몸은 이곳에 그대로 남아 있지만, 정신만 과거로 이동하는 방식인 것이죠. 영혼의 이동과 비슷하다고도 볼 수도 있습니다. 그래서 과거로 돌아가도 누구와도 말할 수 없고, 그들이 선생님을 볼 수도 없습니다. 단지, 작은 바람을 일으킬 수 있는 수준으로 과거의 사람들에게 신호를 줄 수 있습니다."

준혁은 의아한 표정으로 물었다.

"양자 얽힘이라니요? 좀 더 구체적으로 설명해 주실 수 있나요?"

장 박사는 고개를 끄덕이며 추가 설명을 이어갔다.

"양자 얽힘은 서로 다른 두 입자가 동시에 연결된 상태를 말합니다. 우리는 이 원리를 활용해, 인간의 뇌파를 과거의 특정 시점으로 되돌리는 기술을 개발했습니다. 이는 물리적 시간여행이 아닌 정신적인 이동이며, 그 시점에 있던 사람들에게 영향을 줄 수 있는 형태로 작용합니다."

준혁은 잠시 침묵했다. 부모님을 구할 수 있다는 가능성은 그에게 강한 유혹이었다.

"그래서요?"

준혁의 머릿속은 여러 의문이 돌아다녔지만 먼저 더 들어보기로 했다.

"선생님께 이 기술이 필요할 겁니다. 지금 돌아가신 부모님을 살려낼 수는 없지만, 살인이 일어나기 5분 전으로 돌아가 그 사건을 막는 겁니다. 즉, 과거의 사건을 바꿀 수 있죠. 그렇다면 부모님은 그런 잔인한 상황을 겪지 않을 수 있고, 지금 이 시각에 선생님과 함께 즐거운 식사를 하고 계실 수도 있습니다."

그럴듯했다. 만약 그 잠깐의 시간 동안 범인을 누군가에게 잡히게 하거나 부모님에게 미리 그 위험을 인지시킬 수 있다면, 그들의 목숨을 살릴 수 있는 것이다. 하지만 준혁은 여전히 의심스러웠다.

"이 기술이 실제로 구현 가능하다는 걸 어떻게 믿을 수 있죠? 정말 과거를 바꾸는 게 가능하다는 말인가요? 그것을 보장할 수 있나요?"

장 박사는 태블릿 PC를 가져와 수많은 영상 파일 중 하나를 틀며 말했다.

"이 영상은 과거로 다녀온 사람 중 한 명의 사례입니다. 이 사람은 자기 아들이 병으로 죽기 전 함께 있지 못해서 평생 안타까움을 가지고 사셨던 분입니다. 아들의 임종이 다가와 병원으로부터 연락을 받고 급하게 향할 때 하필 큰 교통사고가 발생했습니다. 의뢰인은 정신을 잃게 되었고 깨어나 보니 병원이었죠. 뒤늦게 아들이 있는 병원으로 향했지만, 아들은 이미 하늘나라로 간 뒤였습니다. 그 이후 평생 아들의 마지막을 함께 있어 주지 못한 것이 한이 되어 살아왔고, 마지막 아들의 얼굴을 볼 수 있다면 모든 것을 걸 수 있다는 간절한 마음도 가지고 계셨죠."

장 박사는 영상을 재생하며 말을 이어갔다.

"먼저 이 영상을 보시죠. 과거로 다녀오기 전과 후의 표정과 말투가 담겨 있는데 유심히 보세요. 이 기술이 가능하다는 것을 믿으실 수 있을 겁니다."

영상에는 과거로 다녀온 사람의 인터뷰가 담겨 있었다. 인터뷰 전후의 얼굴과 행동이 크게 비교되었고, 준혁은 그 변화에 호기심을 갖게 되었다. 장 박사는 자신감 있게 자료를 건넸다.

"여기 있는 연구 논문을 보십시오. 이 논문은 우리가 개발한 얽힘 기반 뇌파 전송 시스템에 대해 정리한 논문이고 조만간 전 세계 물리학 저널에도 제출할 예정입니다. 지금까지 114명의 피험자 중 82명이 원하는 결과를 얻었고, 이는 약 70%의 성공률을 의미합니다. 물론 실패한 사례도 있지만, 우리는 점점 더 안정적인 기술을 개발하고 있습니다."

준혁은 자료를 건네받으며 장 박사의 눈빛을 유심히 살폈다. '이 사람이 말하는 기술이 정말로 사람들을 위한 것일까? 아니면 그가 숨기고 있는 다른 목적이 있는 것일까?' 준혁은 속으로 경계를 늦추지 않았다. 준혁은 잠시 생각한 후 대답했다.

"네, 확인해 보겠습니다. 그런데 30%는 왜 원하는 것을 얻지 못했나요?"

장 박사는 고개를 끄덕이며 설명했다.

"여러 이유가 있지만, 대표적으로는 두려움으로 인해 집중력을 유지하지 못하거나, 이동 과정 중 심한 어지러움 등으로 실신한 사례, 의도와 전혀 다른 시점·장소로 착오 이동한 사례, 실험실 주변의 강력한 전자파·자기장 변동이 양자 얽힘 신호를 왜곡해 실패한 사례도 있었습니다."

준혁은 조금씩 의심을 풀며, 고개를 끄덕였다.

"그렇군요. 정말 흥미롭네요. 만약 이게 진짜라면… 부모님을 구할 수 있는 가능성이 있을 수도 있겠네요."

장 박사는 잠시 말을 멈추고 준혁을 바라보았다.

"그런데 말입니다."

장 박사는 목소리를 낮추며 진지하게 말했다.

"이 기술에는 치명적인 위험 요소가 있습니다…"

6화

"치명적인 위험 요소라… 그건 어떤 걸 말하는 거죠?"

준혁은 장 박사의 솔직한 말에 조금씩 신뢰가 갔다. 만약 장점만을 얘기했다면 의심은 더 커졌겠지만, 솔직하게 위험 요소까지 언급하는 모습에 의심을 조금씩 풀었다. 그리고 장 박사의 목소리에는 진실성과 절박함이 묻어 있었다. 준혁은 궁금증이 생겨 장 박사가 대답하기 전에 먼저 물었다.

"그리고 과거로 돌아갔지만, 원하는 것을 얻지 못하고 오는 것이 실패인가요?"

장 박사는 고개를 절레절레 흔들며 답했다.

"아니요. 그건 성공으로 봐야죠. 현재 이 기술은 완벽하지 않습니다. 그래서 보완해야 할 점들이 많이 있죠. 높은 확률로 기술 자체는 정상적으로 작동했지만, 사용자가 그 방법을 제대로 이해하지 못해 발생하는 문제도 있습니다. 마치 기계를 처음 사용할 때 사용설명서를 숙지하지 않아 제대로 사용하지 못하는 것처럼 말이죠."

장 박사는 잠시 숨을 고르며 말을 이어갔다.

"사실 이 기술로 시간여행을 시도한 사람은 150명이 넘습니다. 하지만 성공한 사람은 114명이었죠. 연구소 내부는 그 위험성 때문에 항상 긴장감이 감돌고 있습니다. 성공률이 점차 높아지고 있지만, 실패했을 경우 심각한 부작용이 따릅니다. 양자 얽힘이 불안정해지면, 정신이 과거에서 되돌아오는 과정에서 일부분의 기억이 손상되어 기억의 단편만 남게 되는 경우도 있습니다. 특히 감정과 관련된 뇌 영역이 손상되기 쉬워서, 감정적 반응이 무뎌지거나 평생 감정 없이 살아가야 할 수도 있습니다. 심지어 반쯤 미친 사람이 되어 버릴 수도 있습니다."

부작용은 생각보다 심각했다. 준혁은 그 확률을 계산해 보았다.

"150명 중 114명이 성공이라니… 성공률이 76%쯤 되는군요. 아니, 총원이 150명을 넘는다니 실제 확률은 더 낮을 테고… 만약, 실패한다면 제 인생이 사라질 수도 있겠군요?"

장 박사는 고개를 끄덕이며 덧붙였다.

"네, 실패할 때 잃어버릴 게 너무 많습니다. 마치 살아가지만 살지 않는 상태가 될 수도 있죠. 하지만 희망적인 소식도 있습니다. 시도 횟수가 늘어날수록 실패율이 줄어들고 있다는 사실입니다. 직전 50명 중 47명이 성공적으로 과거에 다녀왔습니다. 물론, 그들이 의도한 것을 모두 이룬 것은 아니지만, 기술의 안정성은 점차 높아지고 있습니다. 의식 투영으로 과거 장면을 재현한 뒤, 시뮬레이션 훈련을 시행한 이후부터 성공률이 눈에 띄게 개선되었습니다."

그는 담담하게 말을 이어갔다.

"준혁 씨, 어떻습니까? 이 정도면 충분히 시도해 볼만한 가치가 있지 않습니까?"

준혁은 장 박사의 말에 설득되면서도 의문은 커졌다.

"그런데 이렇게 훌륭한 기술이 왜 대중적으로 알려지지 않았죠? 이런 기술이라면 충분히 대중의 관심을 받을 만하고, 큰 기업들이 투자하지 않았을까요?"

장 박사는 고개를 끄덕이며 대답했다.

"네, 당연히 그렇게 생각할 수 있습니다. 하지만 저희가 이 연구를 세상에 알리지 않고 조용히 진행하는 데에는 이유가 있습니다. 아무래도 이 기술에는 극도로 위험한 요소들이 있어 부작용이 크다 보니 상용화시키는 데 문제가 있습니다. 그리고 실험자 모집도 문제고요. 기술이 안정되기까지는 많은 시행착오가 필요하고, 실패한 사람들이 겪는 부작용은 대중에게 큰 공포감을 줄 것입니다. 법적인 제재도 가해질 가능성도 매우 큽니다. 시간도 많이 지연될 것이고요. 그래서 저희는 현실적으로 이 기술을 발전시켜 나가면서 필요한 사람에게 도움을 줄 수 있는 방향으로 이렇게 비밀리에 진행하고 있는 것입니다. 또한, 제가 이 프로젝트를 서둘러 완성해야만 하는 개인적인 이유가 있습니다. 지금 이 자리에서 말씀드리긴 어렵지만 5년 안에 반드시 완성해야만 합니다. 그래서 저에겐 시간이 여유롭지 않습니다."

준혁은 장 박사의 말을 듣고 휴대폰으로 검색하며 물었다.

"그렇다면 또 하나 궁금증이 생기네요. 실패한 사람들이 큰 피해를 봤다면 누군가가 신고했거나 언론에 보도가 되지 않았을까요? 왜 그런 것들이 하나도 없는 거죠? 있는데 제 눈에만 안 보이는 건가요?"

장 박사는 진지한 표정으로 말했다.

"저희는 이 작업을 철저히 비밀리에 진행하고 있습니다. 솔직히 말씀드리자면…"

그는 잠시 머뭇거리다 말을 이었다.

"저희는 문제가 되지 않을 사람들만 찾아 제안하고 실행합니다. 선생님처럼 재력은 충분하지만 간절함이 큰 분들, 혹은 실패해 부작용이 생겨도 주변에서 크게 관심을 두지 않을 분들이죠. 그리고 부작용을 겪는 분들을 내팽개치는 것이 아니라, 적당한 거리를 두고 지켜보며 필요한 지원도 하고 있습니다. 그래서 지금까지 언론에 노출되지 않았던 겁니다."

장 박사의 설명에 준혁은 잠시 침묵했다. 점점 더 설득은 되었지만, 여전히 믿기는 쉽지 않았다.

"준혁 씨, 실험 준비에는 2주의 시간이 걸립니다. 저희가 준혁 씨 뇌를 분석해야 하고 신체적, 정신적으로 준비가 되어야 합니다. 그리고 과거로 돌아가서 원하는 것을 해내기 위한 예행연습도 해야 하고요. 이런 준비가 다 되면 과거로의 여행을 시작하게 될 것입니다."

준혁은 여전히 갈등하고 있었다. 부모님을 다시 살리는 것과 실패했을 때 자신의 모든 것을 잃게 될지 모른다는 두려움이 그의 마음을 사로잡고 있었다. 잠시 부모님과 함께했던 행복했던 순간들을 떠올렸다. '그 웃음, 따뜻했던 손길, 그리고 자신을 바라보며 자랑스러워하던 눈빛, 이 모든 것을 다시 찾을 수 있다면 위험을 감수할 만하지 않을까?' 하지만 실패한다면 자신 역시 되돌릴 수 없는 길로 들어서게 될 것이었다. 장 박사는 준혁을 바라보며 마지막으로 말했다.

"대기자가 많습니다. 하지만 아직 개발해야 할 부분이 많아 우선순위를 두고 진행하고 있습니다. 그 우선순위는 바로 돈입니다. 그래서 준혁 씨에게는 먼저 우선순위 대상자로 두려고 합니다. 참고로 돈이 없는 분들은 성공 확률이 낮은 실험적인 기술을 사용할 것이고, 준혁 씨처럼 충분한 자금을 제공할 수 있다면 어느 정도 검증된 안정된 기술로 시도할 것입니다."

준혁은 장 박사의 말을 듣고 의아해하며 물었다.

"그런데, 제 재산은 어떻게 아시죠? 생각보다 없을 수도 있습니다."

장 박사는 미소를 지으며 답했다.

"저희가 준혁 씨의 상황을 파악한 후에 연락드린 겁니다. 이제 중요한 것을 말씀드리죠. 비용에 관해 이야기해야겠군요."

준혁은 고개를 갸우뚱하며 질문했다.

"네, 얼마의 돈이 들까요?"

장 박사는 진지한 표정으로 대답했다.

"사람마다 가격은 다릅니다. 각자의 인생을 바꿀 수 있는 중요한 일이기 때문이죠. 저희는 의뢰인이 가진 대부분의 재산을 가격으로 책정하고 있습니다. 준혁 씨의 경우에는…"

장 박사는 잠시 말을 멈추며 준혁을 바라보았다. 준혁은 긴장된 표정으로 장 박사의 다음 말을 기다렸다.

"준혁 씨에게 청구될 돈은 현금 50억입니다."

장 박사는 무표정으로 단호하게 말했다.

"예? 50억이요?"

준혁은 어이가 없었다. 부모님을 구하기 위해 모든 걸 걸어야 하는 상황에서, 이 거대한 금액은 준혁에게 무거운 부담이 되었다.

"뭔가 조사를 잘못한 것 같네요. 제가 돈이 없는 건 아니지만 50억이라는 큰돈을 당장 마련하기 어렵습니다."

장 박사는 미소를 지으며, 뭔가 더 알고 있는 듯한 표정을 지었다. 준혁의 혼란을 즐기기라도 하는 것처럼 보였다.

절망과 희망

"글쎄요. 저희는 준혁 씨 부모님께서 처음엔 가난하셨지만, 꽤 많은 돈을 모아놓았다는 사실을 알지요."

"말도 안 돼요!"

장 박사는 잠시 준혁을 바라보다가 물었다.

"모르는 척하는 건가요? 아니면 진짜 모르는 건가요? 부모님 통장에 있는 잔고가 다가 아닐 겁니다. 적어도 저희가 조사한 정보로는 그렇습니다."

준혁은 부모님이 욕되게 되는 것 같은 기분에 화가 치밀었다.

"상속재산이 많긴 했지만, 상속세가 큽니다. 세금을 납부하고 나면 50억까지 한참 부족할 거예요!"

장 박사는 고개를 절레절레 흔들었다. 그리고 전화를 걸어 누군가를 불렀다. 잠시 후, 한 남자가 서류를 들고 들어왔다. 그 남자는 외모가 샤프하고 단정하여, 어딘지 이 연구소와는 어울리지 않는 느낌이었다.

"여기는 박우선 전무입니다."

장 박사가 준혁에게 간단히 소개한 후 박 전무를 향해 물었다.

"박 전무, 선생님께서 말하시기를 부모님의 재산이 그렇게 많이 있을 리가 없다는군."

박 전무는 준혁을 향해 무표정한 얼굴로 차분히 말했다.

"뭐, 그럴 수 있습니다. 저희가 조사한 바로는, 부모님께서 대단히 많은 현금을 보유하고 있었습니다. 그리고 지금껏 드러나지 않게 자금 거래를 계속해 오셨습니다. 아마 별도로 누군가에게 말하지 않는 한 모를 수밖에 없게 말이죠."

박 전무는 잠시 숨을 고르고, 이어 말했다.

"제가 힌트 하나 드리지요. 부모님께서 보유한 현금이 집안 어딘가에 숨겨져 있을 것입니다. 한 번 찾아보세요. 아마 생각지도 못한 규모일 겁니다."

"아니, 그게 무슨…"

준혁은 어이가 없었다. 장 박사는 다시 본론으로 돌아갔다. 그의 말투는 준혁의 감정과 상관없이 냉정했다.

"자, 다시 본론으로 넘어가 보죠. 50억입니다. 대신 처음 계약금은 20억, 그리고 실행 3일 전까지 30억을 추가로 납부해 주시면 됩니다. 가격 협상은 불가합니다."

장 박사는 준혁의 눈을 바라보며 말했다.

"선생님께서는 돈보다는 부모님의 생명을 더 중요하게 생각하실 것 같습니다. 그리고 그 돈이 없어도 벌어들이는 소득이 충분하니, 전 이 제안이 괜찮다고 생각합니다."

준혁은 아무 말도 할 수 없었다. 박우선 전무의 말이 사실이라면 부모님이 왜 이런 큰 금액을 숨겨두었는지도 도무지 이해가 가지 않았고, 그 돈을 구해야 하는 현실의 압박이 동시에 밀려왔다.

"결정하실 시간을 드리겠습니다. 정확히 48시간입니다. 타임머신을 한 번 가동하면 장비 점검과 수리에 최소 두 달이 걸립니다. 48시간 안에 답을 주시지 않으면 선생님 순번은 뒤로 밀리고, 다음 기회는 적어도 두 달 뒤가 됩니다. 이미 대기자가 17명이라 한 번 밀리면 우선순위에 따라 3년을 더 기다릴 수도 있습니다. 아까 말씀드렸듯이 우선순위는 전적으로 자금 규모로 결정됩니다. 지금은 준혁 씨가 가장 큰 고객이라 먼저 기회를 드리는 것입니다. 신중히 판단해 주십시오."

장 박사는 말을 이어갔다.

"아! 그리고 한 가지 더! 과거에 희망재단에 관련된 사람 중에도 타임머신 기술을 이용하려고 의뢰한 사람이 있었습니다. 그분도 시간을 되돌리고자 하는 의지가 강했습니다."

"그것이 무슨 말씀인지요?"

"자세한 내용은 이곳에서 말씀드릴 수 없지만, 타임머신 기술로 과거를 확인하신다면 부모님과 희망재단의 진실을 더 알 수 있을지도 모릅니다."

집으로 돌아온 준혁은 한참 동안 멍하니 창밖을 바라봤다. 준혁은 머릿속이 혼란으로 가득했다. 장 박사가 말한 부모님의 숨겨진 재산, 박 전무의 힌트, 그리고 50억이라는 큰돈, 희망재단의 숨겨진 진실, 그리고 무엇보다 부모님을 살릴 수 있다는 제안과 타임머신 기술 등 대한 고민이 머릿속을 떠나지 않았다. '그 기술이 정말 가능하다는 걸까? 아니면 나를 속이려는 수작일까? 하지만 만약에… 정말 가능하다면?' 준혁은 현실 세계에서 이런 기술이 실제로 개발되어 있다는 사실에 혼란스러웠다. 부모님을 되돌릴 수 있다는 희망과 그 뒤에 숨겨진 무거운 대가 사이에서 머릿속이 복잡했다. 하지만 어떻게든 답을 찾아야 했다. 준혁은 곧장 노트북을 켜고 인터넷 브라우저를 열었다.

'양자역학', '타임머신', '시간여행', '장진호 박사', '박우선 전무…'. 준혁은 장 박사의 말이 사실인지, 그리고 그들이 언급한 과학적 근거가 어느 정도인지를 하나하나 검색해 나갔다. 관련 논문들이나 기사, 인터뷰, 심지어 개인 블로그 글까지 닥치는 대로 살펴봤지만, 현실성 없는 이야기들만 넘쳐날 뿐이었다. 한참을 검색하다가, 준혁의 눈에 한 편의 논문이 들어왔다.

[논문 제목: 양자 얽힘 기반 정신적 시간여행 가능성 고찰]

- 저자: 장진호·백주영
- 학회명: Proceedings of the Asia-Pacific Quantum Technology Conference 2020.

2부

진실과 의혹

#7화

준혁이 찾은 논문에는 공동 저자로 '백주영'이라는 이름이 기재되어 있었다. '장진호 박사가 단독으로 연구했던 것이 아니었구나.' 준혁은 궁금해진 마음에 '장진호 박사, 백주영 박사' 키워드로 다시 검색을 시도했다. 그러자 5~6년 전의 인터뷰 기사가 하나 뜨더니, 다음과 같은 내용이 보였다.

"장진호 박사와 백주영 박사는 양자역학을 토대로 한 '정신적 시간 이동' 프로젝트를 공동 연구 중이며, 향후 사업화를 준비하고 있다고 밝혔다. 이는 기존에 없던 혁신적 아이디어…"

'같이 사업화를 준비했다고? 그런데 장 박사는 백주영 박사에 대한 언급을 전혀 안 했는데…' 준혁은 인터뷰 전문을 꼼꼼히 읽어 내려갔다. 기사에는 장진호 박사와 백주영 박사가 함께 연구소를 세웠으며, 처음에는 함께 타임머신 기술을 개발하려고 했다는 사실이 쓰여 있었다. '왜 백주영 박사는 지금 장 박사와 함께하고 있지 않는 것일까? 그가 장 박사의 타임머신 연구에 대해 분명 무언가를 알고 있을 것이다.'

준혁은 '백주영 박사'라는 이름으로도 계속 검색해 나갔다.

예전엔 꽤 활동적이었던 모양인지, 몇 년 전까지는 소소한 학회 발표나 세미나 기사에 종종 등장했지만, 3년 전을 기점으로 뚜렷한 기사나 공식 기록은 보이지 않았다. '대체 어디 있는 걸까? 이 사람을 만나면 진실을 알 수 있을 텐데…' 문득 논문에 적혀있던 이메일 주소가 떠올랐다. 다시 검색했었던 논문을 찾아보니 이메일 주소가 있었고 준혁은 바로 메일 창을 열고 주저 없이 키보드를 두드렸다.

"논문을 통해 박사님이 장진호 박사님과 함께 '양자 얽힘 기반 정신적 시간 이동' 연구를 하셨다는 사실을 알게 되었습니다. 현재 장진호 박사님이 운영하는 연구소에서 '타임머신' 기술을 활용해 과거로의 시간여행을 제안받은 상태인데, 이 기술의 신빙성과 안전성을 확인하고자 박사님께 직접 문의드립니다. 꼭 연락 부탁드립니다."

그 시간, 병찬과 희성은 여전히 차혁진을 조사하고 있었다. 잔인한 살인 동기와 실종된 딸의 행방을 찾기 위해 최선을 다했지만, 실마리를 찾을 수 없었다. 그래서 더더욱 차혁진의 진술이 필요했다. 그들은 번갈아 가며 여러 의혹을 들이대며 자백을 끌어내려 했지만, 차혁진은 눈 하나 깜빡이지 않았다.

병찬은 차혁진의 입을 열기 위해 더 자극해 보기로 했다.

"당신 딸 차수연의 흔적을 찾은 것 같은데…"

그 순간 차혁진의 얼굴표정이 바뀌며 눈빛이 흔들렸다.

"어떻게 찾았다는 거죠? 정말인가요?"

갑자기 차혁진이 동요하며 입을 열었다.

"그러니까 자백하세요. 시간문제라니까. 우리가 진짜로 찾기 전에 자백하면 정상참작 해줄게요. 형량 줄여준다고."

병찬과 희성은 차혁진의 표정과 행동을 예의주시했다. 차혁진의 얼굴과 몸짓에서 확실히 심경 변화가 느껴졌다.

"찾기 전이라니요? 방금 제 딸의 행방을 찾았다면서요?"

병찬을 바라보는 차혁진의 눈에는 살기가 묻어 있었다.

"찾는 것은 시간문제라고! 그러니까 자백하라니까요!!!"

병찬은 물러서지 않고 차혁진을 압박했다.

차혁진은 무언가 생각하더니 고개를 떨군 채 말했다.

"형사님이 희망재단과 관계가 있다는 것을 알고 있는데, 제가 뭘 믿고 자백해야 하죠?"

병찬은 순간 말문이 막히며 식은땀이 나기 시작했다. 희성은 병찬의 당황함을 느끼며 본능적으로 뭔가 있다는 것을 느꼈다. 희성은 이내 차혁진에게 말했다.

"딸이 살아 있다면, 제가 책임지고 행방을 찾아드리죠. 그러면 자백할 거예요?"

차혁진은 잠시 고민하는 듯하더니, 희성을 바라보며 말했다.

"그럼, 자백하겠습니다."

병찬과 희성은 순간 자신의 귀를 의심했다.

"뭐? 방금 자백하겠다고 한 거 맞죠?"

차혁진은 고개를 끄덕이는 것으로 답했다. 병찬은 안도의 한숨을 내쉬며 말했다.

"참나, 진작에 그럴 것이지. 휴~ 그러면 서로 좋잖아요."

병찬은 문서를 작성할 준비를 하면서 친절하게 말했다.

"자, 그럼 지금부터 묻는 말에 성실하게 답변…"

그때, 차혁진이 병찬의 말을 끊었다.

"대신 두 가지 조건이 있습니다. 두 가지 조건을 모두 들어준다면 일주일 뒤에 자백하겠습니다."

병찬은 눈살을 찌푸리며 물었다.

"두 가지 조건이라고?"

"일주일 후에 자백하겠습니다. 그 첫 번째 조건은… 그때 이준혁을 불러주세요. 저기 유리 뒤편에서 제가 하는 말을 모두 듣게 해주세요. 그가 꼭 들어야 할 말이 있습니다."

"그건 어렵지 않을 것 같은데, 왜, 일주일 뒤죠?"

"제 두 번째 조건을 일주일 내 들어주셔야 하기 때문입니다. 제가 꼭 찾고 확인하고 싶은 것이 있습니다."

"그것이 뭔데요?"

"제 딸의 행방을 찾아주세요. 그 행방은 준혁의 부모 집에 있는 장부에서 찾을 수 있을 겁니다. 두 가지가 모두 된다면 일주일 뒤에 모든 것을 자백하겠습니다."

병찬은 차혁진을 바라보며 복잡한 표정을 지었다. 차혁진이 진실을 말하려 하는 것인지 다른 속임수를 준비하고 있는 것은 아닌지 판단이 서지 않았다. 병찬은 차혁진에게 경계의 눈빛을 거두지 않고 물었다.

"이준혁이 꼭 있어야 하는 이유는 뭐예요?"

"그가 꼭 들어야 할 말이 있으니까요."

그리고 차혁진은 희성에게 잠시 와달라고 하며 귓속말로 조용히 속삭였다. 희성의 귓가에 전해지는 그의 목소리는 낮고 떨렸지만, 진지함이 전해졌다. 차혁진이 본인을 배제하고 희성에게 귓속말하는 것을 본 병찬은 잠시 고민에 빠졌다. 병찬은 답답한 마음에 한숨을 내쉬며 취조실을 나섰다. 취조실을 나서자마자 병찬은 희성에게 차혁진이 어떤 말을 했는지 바로 물었다.

"차혁진이 뭐라고 속삭인 거야?"

희성이 고개를 가로저으며 말했다.

"조대식이라는 사람을 언급했어요. 그리고…"

"그리고?"

"아, 아니에요. 차혁진의 말을 다 신뢰할 수 없으니, 제가 몇 가지 더 검증해 보고 말씀드릴게요. 굳이 다 아실 필요는 없을 것 같아요. 이틀 뒤에 차혁진이 말한 준혁 씨 부모님 집에 같이 가보시죠."

병찬은 더 묻고 싶었지만 참았다. '이사장의 집이라… 그리고 조대식.' 병찬은 머리를 헝클어뜨리며 중얼거렸다. '에이, 모르겠다. 뭔가가 있는 건 분명한데. 뭔가 꿍꿍이가 있는 것 같은데…' 두 사람은 복도에서 잠시 침묵했다. 병찬과 희성의 사이에는 불편한 기운이 스며들었다. 그들은 차혁진이 어떤 의도를 가진 것인지, 어떤 진실을 드러내려는 것인지 알 수 없었다. 희성은 차혁진이 했던 귓속말로 인해 병찬이 희망재단과 깊이 연관되어 있음을 직감했다. 하지만 어떻게 얼마나 연관되어 있는지 명확히 파악할 수 없어 답답함에 사로잡혔다. 차혁진에게 자백을 끌어내지 않으면 이 사건은 계속해서 미궁에 빠져 헤어나지 못할 수 있음을 직감했다. 그때 병찬에게 한 통의 전화가 걸려 왔다. 화면에 표시된 이름은 희망재단 진승일 이사였다. 병찬은 잠시 망설이다가 희성에게 먼저 간다는 손짓을 하며 전화를 받았다. 그것을 본 희성의 의심은 더 강해졌다.

"형사님, 잘 지내시죠?"

진승일의 목소리는 평소처럼 차분했다. 병찬은 찝찝한 기분을 감추며 대답했다.

"무슨 일이십니까, 진 이사님."

"차혁진 말이죠. 입을 열었나요?"

"그게… 차혁진이 일주일 뒤에 자백한다고 했습니다."

"일주일 뒤라… 그런데 왜 일주일 뒤인가요?"

"저도 의도를 정확히 모르겠습니다. 어떤 꿍꿍이가 있는 건지…"

진승일은 잠시 침묵하더니, 간절함이 담긴 목소리로 말했다.

"차혁진이 어떤 생각의 계획을 세우고 있는지는 모르겠지만, 저는 불행한 죽음을 맞이하신 이사장님의 원한을 꼭 풀어드리고 싶습니다. 그리고 사라진 희망재단의 30억 자금도 하루빨리 찾아야만 합니다. 무엇보다 차혁진으로 인해 우리 재단과 관련된 왜곡된 이야기들이 세상에 떠돌지 않게 해주세요. 부탁드립니다."

"네. 알겠습니다."

그날 밤, 병찬은 쉽게 잠들지 못했다. '차혁진이 자백을 조건으로 내건 요청들의 진짜 의도는 뭘까… 진승일이 말한 30억의 행방과 희망재단에는 어떤 스토리가 담겨 있는 것일까? 차혁진이 희성에게 한 귓속말은 무엇인가? 희성은 왜 나에게 차혁진이 했던 귓속말을 다 해주지 않은 것일까?' 생각이 꼬리에 꼬리를 물었다.

한편, 집에서 한참 동안 고민에 빠져 있던 준혁은 문득 장박사와 함께 있었던 박 전무가 했던 말이 떠올라 부모님이 사셨던 집으로 향했다. 집은 혜화동에 있는 2층짜리 오래된 단독주택이었다. 집에 들어가니 사진 속 부모님의 따뜻한 미소가 그에게 말을 걸고 있는 듯했다. 준혁은 집에 걸려 있는 가족사진을 천천히 둘러보았다. 부모님과 함께했던 행복한 순간들, 그들의 미소, 자신을 자랑스러운 눈빛으로 바라보던 모습이 그의 마음을 어루만졌다. '부모님의 억울함을 내가 꼭 풀어드려야지!' 그는 스스로에게 다짐했다. 준혁은 부모님을 다시 살릴 수만 있다면 어떤 위험도 감수할 수 있다고 생각했다. 하지만 마음 한편에는 자신이 감당해야 할 대가에 대한 두려움도 자리 잡고 있었다.

'아 참, 이 집 안에 현금다발이 숨겨져 있다고?' 준혁은 집 안의 모든 방을 뒤지기 시작했다. 이층에도 그리고 옥상에도 올라가 보았지만, 집에 금고 같은 것도 없었고, 장롱을 열어 보았으나 옷가지와 이불만 있을 뿐이었다. '몇십억의 현금다발이 이 집에 있다고? 역시 말이 안 되지.' 준혁은 혼잣말처럼 중얼거리며 지친 듯 한숨을 내쉬었다. 준혁은 장 박사에게 부모님 집을 뒤졌으나, 아무것도 찾을 수 없음을 얘기하고 금액을 낮춰야겠다고 마음먹었다. 준혁은 부모님 집을 나서기 전 장 박사에게 전화를 걸어 계약을 긍정적으로 검토하고 있다고 전함과 동시에 궁금한 점 몇 가지를 물었다.

"만약 실패한다면 한 번 더 시도해 볼 수 있나요?"

장 박사는 답했다.

"현재 기술로는 한 번만 갈 수 있습니다. 아직은 몸이 견뎌

내질 못해요. 시도해 본 사람은 몇 있었지만, 단 한 명도 성공하지 못했어요."

준혁은 전화를 끊고 잠시 눈을 감았다. 마음속에서 두려움과 희망이 교차했다. '내가 내리는 이 결단이 부모님을 구할 수 있을까? 아니면 또 다른 비극을 불러올까?' 그리운 부모님의 얼굴이 떠오를 때마다, 자신이 감당해야 할 책임과 그에 따르는 무게감이 더욱 커졌다. 준혁이 부모님 집을 나서려고 신발을 신고 돌아서기 직전, 한 책장이 눈에 들어왔다. 장부로 보이는 책들이 빼곡히 꽂혀 있었다. 준혁은 신발을 벗고 다시 집 안으로 들어와 책장으로 다가갔다. 장부에는 암호처럼 여러 이름과 금액이 적혀있어서 정확히 알아보기는 어려웠지만, 아마도 재단에서 어려운 사람들을 후원한 금액이 적혀있는 듯했다. '일을 참 많이 하셨구나.' 준혁은 책장에 꽂힌 책들을 쭉 훑어보았다. 그러다 익숙한 이름이 하나 눈에 들어왔다. '차혁진 이사'라고 적힌 명부였다.

'차혁진? 차혁진이 여기에 왜… 그리고 차혁진 이사라고?'

8화

'차혁진 이사라면 희망재단의 직원이었던 건가? 아니면 거래처?'

준혁은 그 책을 꺼내 들고 한참 동안 그 이름을 바라보았다. '차혁진과 부모님은 대체 어떤 관계였던 걸까?' 준혁의 마음속에 새로운 의문이 피어올랐다. '차혁진이 부모님이 운영하던 재단의 직원이었다면… 직급이 이사였던 것을 보면 크게 신뢰했을 것이다. 하지만 차혁진은 왜 그런 짓을 저질렀던 걸까? 돈과 관련이 있는 것일까? 부모님이 실제로 많은 현금을 가지고 있었다면 그것과 연관이 있었던 것일까… 아니면, 다른 일이 있는 걸까?' 준혁은 머릿속에 여러 생각이 맴돌았지만, 조만간 모든 것을 알 수 있을 거로 생각하며 부모님 집을 나섰다. 그날따라 유난히 차가운 바람이 불어왔다. 차가운 바람은 그의 마음에 자리한 불안과 의문을 더 깊게 만들었다.

부모님 집을 나선 지 한 시간 정도 지났을까. 병찬은 준혁에게 연락했다. 차혁진이 드디어 입을 열었다는 소식을 전하기 위해서였다.

"준혁 씨, 차혁진이 드디어 입을 열었습니다."

준혁은 다시 아픈 기억이 떠올라 가슴이 미어졌다.

"뭐라고 자백하던가요?"

"그게 말이죠. 일주일 뒤에 자백하겠답니다."

"네? 일주일 뒤라니… 왜요?"

"그건 나중에 따로 설명하겠습니다. 이것 때문에 머리가 아프네요. 저기, 일주일 뒤 화요일 오전 10시에 시간 가능하실까요? 차혁진이 요청하길 본인 진술할 때 꼭 준혁 씨가 와서 보고 있어야 한답니다. 같이 취조실에 있는 건 아니고요. 취조실 뒤편에서 자백을 들을 겁니다. 그곳에서 준혁 씨는 차혁진을 볼 수 있지만, 차혁진은 준혁 씨를 볼 수 없어요."

"제가 가면 정말 자백한답니까?"

"네. 자백한답니다. 무슨 꿍꿍이가 있는 것 같지만, 그것이 뭔지는 잘 모르겠습니다."

차혁진의 갑작스러운 조건부 자백은 준혁에게도 이해하기 어려운 상황이었지만, 진실이 밝혀지리라 기대하며 가기로 결정했다.

그날 밤. 준혁은 집으로 돌아와 방 한구석에 앉아 있었다.

초조함과 혼란스러움 가운데 여러 생각들이 머릿속을 계속 맴돌았다. '이 모든 상황을 어떻게 받아들여야 할까…부모님과 차혁진은 어떤 관계인 것일까… 일주일 뒤 차혁진은 나에게 무슨 말을 하려고 하는 것일까…' 생각이 꼬리에 꼬리를 무는 와중에, 준혁의 휴대폰이 진동했다. 이메일 알림이었다.

"[Subject: Re: 문의하셨던 논문 관련 건입니다.]"

준혁은 순간 숨이 턱 막혔다. 그는 바로 메일을 열었다.

"이준혁 씨, 안녕하세요. 메일 잘 받았습니다. 자세한 설명은 만나서 직접 말씀드리는 것이 좋겠습니다. 저는 현재 한국에 있으며, 스케줄도 특별히 잡힌 게 없어 언제든 가능하니 편하신 시간을 알려주십시오. 연구를 함께했던 장 박사와 사이가 좋게 끝난 건 아니라, 할 말이 많긴 합니다. 그럼, 연락 기다리겠습니다."

준혁은 곧바로 답장을 보냈다.

"박사님, 안녕하세요. 가능하시다면 내일 오전에라도 뵙고 싶습니다. 제 연락처를 드릴 테니, 편하신 장소와 시간을 알려주십시오."

메일을 보내자마자, 곧바로 답이 왔다.

"이준혁 씨, 저는 지금 서울역 근처에서 머물고 있습니다.

혹시 10시쯤 이 근방의 카페에서 뵐 수 있을까요?"

준혁은 망설임 없이 승낙했다.

"네, 알겠습니다. 내일 10시에 뵙겠습니다."

다음 날 준혁은 백주영 박사를 만나기 위해 일찍 집을 나섰다. 준혁은 카페 문을 열고 들어가자, 구석진 테이블에 나이 오십 전후로 보이는 한 남성이 앉아 있었다. 머리는 약간 희끗했지만 정갈하게 정리했고, 낡았지만 깔끔한 재킷 차림이 학자다운 인상을 풍겼다.

"안녕하세요, 백주영 박사님 맞으시죠?"

백주영은 준혁을 바라본 후 미소를 띠며 악수를 청했다.

"준혁 씨, 안녕하세요."

준혁은 가까이 다가가며 고개를 숙였다.

"이렇게 만나 뵐 수 있어서 다행입니다. 시간 내주셔서 감사합니다."

준혁이 커피 주문을 마친 후 다시 자리로 돌아오자, 백주영 박사가 먼저 말을 꺼냈다.

"장진호 박사가 먼저 준혁 씨를 찾아와 부모님을 살릴 수 있다고 제안한 건가요?"

준혁은 고개를 끄덕이며 침을 삼켰다.

"네… 솔직히 믿기 힘들지만, 만약 진짜라면 부모님을 구할 수 있다는 생각에 혹했습니다. 지푸라기라도 잡고 싶은 심정이지만, 50억이라는 거액이 걸려 있고, 이것이 과연 현실성이 있는 것인지 확신이 없다 보니… 박사님께서 장 박사님과 같이 작성했던 논문을 보고 직접 얘기를 듣고 싶었습니다."

뒤이어 준혁의 부모님께 어떤 불행이 닥쳤는지부터 장 박사가 어떻게 본인에게 어떤 얘기를 했는지, 장 박사의 연구실에서 무엇을 보았는지까지 상세하게 말했다. 백주영 박사는 쓴웃음을 지으며 말했다.

"저와 장 박사가 함께 처음 손잡은 건 15년 전이었어요."

백주영은 씁쓸한 표정을 지으며 과거를 꺼냈다.

"카이스트 시절, 연구실 창문엔 밤새 불이 꺼질 날이 없었죠. '양자 얽힘으로 의식을 과거로 보낼 수 있다면 세상을 바꿔 볼 수 있지 않을까?' 허무맹랑했지만 그 하나면 충분했습니다."

그는 숨을 고르고 말을 이었다.

"우리는 과거의 어느 시점으로 돌아갈 수 있다는 가설을 입증하려고 수없이 많은 실험을 진행했어요. 실패가 끊임없이 이어졌지만, 연구는 진전을 보였고 국제 학회에서도 발표할 만큼 주목받았습니다."

준혁이 고개를 끄덕였다.

"저도 그 논문을 발견하고 박사님께 연락드린 겁니다."

이내 백주영의 표정이 무거워졌다.

"하지만 순탄치 않았어요. 연구를 이어가려면 국책 과제 선정이나 후원, 기관들의 투자가 필요했는데, 논문이 화제가 됐어도 '현실적으로는 불가능하다'는 평가가 따라붙었죠. 결국 'SF 같은 연구에는 투자할 수 없다'며 대부분 등을 돌렸습니다."

그는 짧게 숨을 내쉬었다.

"결국 사비를 털어 장비를 사고 연구원을 고용하며 연구소 형태를 갖췄지만, 연구비는 블랙홀처럼 우리의 자산을 삼켰습니다. 그래도 실현 가능성이 조금씩 보이던 참에… 예상치 못한 사고가 터졌습니다."

"무슨 사고였습니까?"

"수억 원짜리 프로토타입이 폭발하고, 연구원들이 응급실로 실려 갔어요."

백주영의 눈에서 연구소 천장을 가른 불길이 아직도 눈앞에 어른거리는 듯했다.

"그날 이후 그나마 남아 있던 후원사들도 '비현실적인 사이비 과학'이라는 낙인을 찍고 모두 떠났습니다. 저도 처음으로 포기를 입 밖에 냈죠. 장 박사도 눈물을 머금고 물러서려 했습니다. 그런데… 더 큰 사건이 생겼어요."

준혁이 숨을 삼켰다.

"더 큰 사건이라면?"

"장 박사의 어린 딸이 교통사고로 세상을 떠났습니다."

백주영의 목소리가 낮아졌다.

"그 충격이 컸어요. 그때부터 그는 '딸을 되살리려면 하루라도 빨리 완성해야 한다'며 무리하기 시작했죠. 희귀 금속과 초전도체를 들여오고, 대출까지 받아 가며 연구에 속도를 냈습니다. 돈이 눈 녹듯 사라졌어요."

그는 한숨을 쉬었다.

"문제는 안전성과 윤리적 문제가 산더미처럼 쌓여 있는데도, 장 박사는 '5년 안에 끝내야 한다'며 밀어붙이기 시작했습니다. 임상시험을 그렇게 성급히 진행하면 큰 사고가 날 게 뻔했는데도 말이죠."

"그래서 말리셨군요."

"네. 최소 10년은 더 필요하다고 했지만, 그는 듣지 않았습니다. 물론 장 박사가 그렇게 급한 이유가 있었습니다. 먼 과거로 갈수록 성공확률이 급격히 떨어졌기 때문이죠. 그는 급기야 비정상적인 루트로 피험자를 찾았어요. 돈 많고 간절한 사람들, 혹은 치명적인 문제가 생겨도 문제가 되지 않을 수 있는 사람들…"

준혁의 눈이 커졌다.

"정말 그분들을 대상으로 마음대로 실험했다는 겁니까?"

백주영은 씁쓸히 고개를 끄덕였다.

"네, 그걸 가능하게 해준 사람이 박우선 전무입니다. 폭발 사고 기사가 나간 뒤 투자도 끊기고, 실험 대상도 더 이상 구할 수 없었는데, 그가 어느 순간 나타나 장 박사가 원하는 것을 해결해 줬죠. 실험에 실패해도 문제가 되지 않을 만한 노숙자들과 외국인 노동자 등을 어디선가 찾아와 장 박사에게 제공했고, 성공 사례를 만들어 재벌·정치인 같은 '절박하지만 돈 많은' 사람들에게 수십억씩 받고 시험단계의 기술을 직접 경험해 볼 수 있도록 연결해 준 겁니다. 겉으론 연구비 마련이라지만, 윤리적으로는 용납할 수 없었습니다."

준혁은 기억 속 깔끔한 슈트를 입은 '박 전무'를 떠올리며 얼굴을 굳혔다.

"그렇다면 기술 자체는 실현 가능하다는 말씀이군요? 물론 위험이 뒤따르겠지만."

백주영이 고개를 끄덕였다.

"네, 과거로 돌아갈 수 있다는 건 여러 데이터로 확인했습니다. 다만 성공률은 장 박사가 말하는 것보다 훨씬 낮습니다. 그리고 그는 분명 꼼수를 부릴 거예요."

"꼼수라니요?"

"설명하자면 깁니다. 핵심은, 무턱대고 계약해선 안 된다는 겁니다. 이미 실패로 목숨을 잃거나 미쳐 버린 사람들이 많습니다. 준혁 씨, 정말 위험해요."

백주영의 경고는 준혁의 마음을 무겁게 짓눌렀다. 하지만 부모님을 되살리고 진실을 확인할 수 있는 가능성을 완전히 포기할 수는 없었다. 그래서 준혁은 다시 물었다.

"만약, 제가 모든 방법을 동원해서 장 박사를 설득할 수 있다면, 부모님을 살려낼 수 있지 않을까요? 혹시 더 좋은 방법이 없을까요?"

백주영은 진지하게 준혁의 눈을 바라보았다.

"방법이라, 글쎄요. 모험이 필요하겠지만…"

백주영 박사는 준혁에게 장 박사가 준혁이 원하는 것을 할 수 있도록 하는 몇 가지 방법을 조언해 주었다.

"혹시 도움이 필요하면 연락하시고요."

이 말을 마치고 백주영은 준혁과 악수한 뒤 먼저 떠났다. 한참 후 카페 문밖으로 나온 준혁은 강한 햇빛에 잠시 눈을 찡그렸다. 어두워진 인생에 한 줄기 빛이 비치는 것 같았지만, 그 빛을 잡으려면 치명적 대가를 치러야만 했다. 과연 자신이 그걸 감당할 수 있을지에 대한 확신은 없었지만 작은 가능성이라도 좇고 싶었다.

다음 날, 장 박사와 계약하기로 약속한 날짜가 다가왔다. 준혁은 장 박사의 연구소를 찾았다. 연구소는 여전히 분주했다. 연구원들은 긴장된 표정으로 움직이며 기계를 점검하고 있었고, 연구소 내부에는 낮고 불규칙한 소음이 울려 퍼졌다. 준혁은 그 소음에 마음이 무겁게 짓눌리는 것 같았다. 연구소의 분위기는 마치 무언가 중요한 일이 벌어지기 직전의 긴장감으로 가득 차 있었다. 장 박사는 준혁을 맞이하며 말했다.

"결심하셨군요. 이곳에 다시 오신 걸 환영합니다."

준혁은 고개를 끄덕이며 대답했다.

"부모님을 구할 수만 있다면, 해보겠습니다."

"좋습니다, 준혁 씨. 현명한 결정을 하셨습니다. 준비는 철저히 해드릴 테니 걱정하지 마십시오."

준혁은 무거운 표정으로 말했다.

"그런데 말이죠. 제가 부모님 댁을 찾아가 봤지만… 돈의 흔적은 찾을 수 없었습니다. 그래서 금액을 낮춰야겠습니다."

장 박사는 미소를 지으며 말했다.

"그건 저희가 같이 찾아봐 드리지요. 정말 발견되지 않는다면 금액은 50억에서 30억으로 줄여드리겠습니다. 그 정도 제안이면 괜찮죠?"

"같이 찾아봐 준다는 뜻은 무슨 뜻인가요?"

장 박사는 전화로 박우선 전무를 호출했다. 잠시 후 박 전무가 들어오자, 장 박사가 말했다.

"여기 박 전무가 도와줄 겁니다. 직접 부모님 댁으로 가서 찾는 데 도움을 드릴 거예요. 그때 준혁 씨도 함께 동행하시죠. 만약 나오지 않는다면 30억으로 조정하겠습니다. 그럼 됐죠?"

"아, 알겠습니다."

장 박사는 기존에 준비해 놓았던 계약서를 빠르게 수정한 후 준혁에게 꺼내놓았다. 계약서에는 계약금 20억, 실행 이틀 전까지 30억으로 총 50억이 적혀있었고, 만약 부모님의 추가적인 재산이 발견되지 않는다면 총 30억으로 조정한다는 조항이 명시되어 있었다. 준혁은 계약서를 읽고 한 번 더 깊이 고민했지만, 이내 서명했다. 서명 후 장 박사는 계약서를 다시 정리하며 말했다.

"자, 그럼 계약금 현금으로 20억 주시죠."

"네. 차에서 얼른 가져오겠습니다. 잠시만 기다려 주시죠."

준혁은 본인의 차로 이동했다. 그러자 덩치 큰 연구소 직원들이 동행했다. 잠시 후 준혁은 20억이 든 현금 가방을 챙겨 돌아왔다. 장 박사는 밝은 미소를 보이며 말했다.

"이제 모든 준비를 시작하겠습니다. 실험 준비에는 2주일 정도의 시간이 소요됩니다. 그동안 저희가 준혁 씨의 뇌와 신체 상태를 분석하고, 예행연습을 통해 준비를 완벽히 해야 합니다. 저기 연구실로 이동하셔서 뇌 스캔과 몇 가지 검사를 진행하겠습니다."

장 박사는 연구원들에게 신호를 보냈고, 그들은 준혁의 신체 상태를 측정하고 분석하기 시작했다. 연구소 내부의 분위기는 여전히 긴박하고 무거웠다. 연구원들은 신중하게 기계를 점검하며 주의를 기울였고, 몇몇 연구원들은 불안한 표정으로 서로 눈빛을 주고받기도 했다. 준혁은 이 모든 것을 보며 불안감을 느꼈지만, 부모님을 구하고 진실을 확인하겠다는 결심은 여전히 흔들리지 않았다. 준혁은 장 박사의 안내에 따라 실험을 위한 예행연습을 시작했다. 과거로 돌아가야 할 시간과 장소, 그리고 그곳에서 해야 할 행동들을 시뮬레이션하는 과정이었다. 장 박사는 준혁에게 설명했다.

"정신의 집중이 가장 중요합니다. 과거로 돌아가서 부모님을 구하려면, 그 순간에 대한 확신이 필요합니다. 어떤 혼란도 허용되지 않습니다."

준혁은 예행연습 중 여러 가지 시나리오를 상상했다. 범인이 부모님에게 접근하기 전에 어떻게 그 사실을 알릴 수 있을지, 혹은 주변 사람들에게 어떻게 경고할 수 있을지 연습했다. 하지만 작은 바람 정도만 일으킬 수 있는 상황에서 부모님을 구한다는 것은 결코 쉬운 일이 아니었다. 그럼에도 불구하고 준혁은 포기하지 않고 연습에 매진하기 시작했다. 그는 부모님을 구하기 위해 모든 방법을 동원하며, 그 순간을 완벽히 준비하려 했다.

다음 날, 준혁과 박우선 전무는 함께 부모님 댁을 찾았다.

장 박사가 말한 숨겨진 현금다발을 찾기 위해서였다. 박 전무 옆에는 덩치 큰 부하 두 명도 함께 움직였다. 준혁은 그들의 존재가 불편했지만, 어쩔 수 없었다. 부모님 집에 도착해 문을 연 순간, 준혁은 당황했다. 같이 간 박 전무도 인상을 찡그렸다. 누군가의 침입 흔적, 땅바닥에 펼쳐져 있는 몇 개의 장부들과 무언가를 급하게 찾으려 한 흔적들. 박 전무는 바로 부하들에게 눈빛으로 집 안에 누가 있는지 바로 확인할 것을 지시했다. 부하들은 재빨리 방문을 열어가며 주변을 살폈다. 준혁은 펼쳐진 장부를 살폈다. 박 전무도 천천히 주변을 둘러보다가 한 곳을 주시했다. 잠시 후 박 전무는 베란다 쪽을 향해 말했다.

"야! 나와!"

준혁도 박 전무가 소리치는 쪽으로 고개를 돌렸다. 아무런 인기척이 없자 박 전무는 다시 말했다.

"좋은 말로 할 때 나와라."

그래도 반응이 없자 박 전무는 크게 소리쳤다.

"나오라고!"

그 소리를 들은 부하들은 곧바로 박 전무에게 돌아왔다. 잠시 뒤 베란다 커튼 뒤에서 누군가가 모습을 드러냈다. 모습을 드러낸 사람을 보자 준혁은 몹시 당황할 수밖에 없었다.

9화

 몰래 들어와 있던 침입자는 부모님의 사건을 맡고 있는 형사 병찬이었기 때문이다. 예상치 못한 상황에 병찬도 꽤 당황한 표정이었다.
 "병찬 형사님, 여기서 뭐 하시는 겁니까?"
 준혁은 놀라며 따지듯 물었다. 형사라는 말을 들은 박 전무는 불편한 기색을 감추지 못했다.
 "예? 겁쟁이처럼 숨어 계셨던 분이 형사님이셨군요. 여기는 무슨 일을 보러 쥐새끼처럼 들어오셨을까?"
 뒤이어 말을 이었다.
 "형사님도 뭔가 냄새를 맡으셨나? 아니면 누가 뒤에서 시켰나?"
 병찬은 박우선 전무로부터 큰 위압감을 느꼈다. 병찬은 어떻게든 이 상황을 모면하고 싶었다. 준혁은 병찬을 보며 물었다.

"집에는 어떻게 들어온 거죠? 비밀번호는 어떻게 알고?"

병찬은 난감한 표정을 지으며 얼굴로 베란다 창문을 가리켰다. 베란다 창문을 통해 몰래 들어온 것이었다. 준혁은 지금 상황이 이해되지 않았다.

"제 부모님 집에 들어온 이유는 뭔가요?"

병찬은 재빨리 이 상황을 모면하고자 주제를 바꾸려 했다.

"준혁 씨, 이 장부들 좀 보세요. 여기엔 희망재단과 관련된 중요한 기록들이 있습니다. 이걸 보니 차혁진이 부모님 재단에서 일했었고, 정말 뭔가 있었던 것 같아요."

박우선 전무는 병찬의 말에 반응하지 않고 장부를 흘깃 보더니 준혁에게 말했다.

"저 형사분 그대로 놔둘 건가요? 우린 해야 할 일이 있으니 시간 지체하지 말고 빨리 진행하시죠."

준혁은 박 전무에게 병찬과 조금 대화해야겠다며 먼저 찾아보라고 얘기했다. 그리고 병찬에게 따지듯 물었다.

"형사님, 그래서 오늘 알아내신 정보는 뭔가요?"

병찬은 잠시 머뭇거리며 말했다.

"제가 알아낸 정보는 차혁진이 희망재단의 직원이었고, 꽤 인정받는 직원이었다는 것… 그리고 이걸 보세요."

병찬은 본인이 찾은 사진 하나를 꺼내 보여주었다. 그 사진에는 부모님과 차혁진, 그리고 희망재단 진승일이 함께 있었다. 환하게 웃고 있는 네 사람이 찍힌 사진이었다. 준혁은 그 사진을 보며 직감적으로 느꼈다. '뭔가 확실히 있구나.'

"형사님, 재단에서 인정받는 직원이었던 차혁진은 왜 그런 일을 저질렀을까요?"

병찬은 박 전무 쪽을 흘긋 바라보며 물었다.

"더 조사해 봐야죠. 그런데 저분과는 무엇을 찾으려고 하시는 건가요?"

그때 덩치 큰 부하 한 명이 소리쳤다.

"찾았다!"

준혁과 병찬은 그 소리를 듣고 재빨리 그곳으로 이동했다. 그 부하는 바닥의 카펫을 들어낸 후 바닥에 난 작은 문을 열려고 하고 있었다. 문은 잠겨있었지만, 몇 번 발로 내려치니 순식간에 부서졌고, 부서진 문 아래에는 지하로 연결되는 계단이 있었다. 준혁은 순간 혼란스러웠다. 어렸을 적 부모님과 함께 이 집에 살았지만, 지하 공간이 있다는 사실은 전혀 기억에 없었다. 어릴 적 어렴풋이 '지하실이 있다'는 얘기를 들은 것 같긴 했지만, 한 번도 내려가 본 적이 없었기에 잊고 있었다. 지하에 내려가자, 5만 원권과 1만 원권 지폐 뭉치가 벽처럼 쌓여 있었다. 눈대중으로는 금액을 짐작조차 하기 어려웠다. 돈뭉치 옆 책장에는 오래되어 누렇게 바랜 장부들이 빼곡히 꽂혀 있었다.

그때 박 전무가 준혁을 바라보며, 확신에 찬 목소리로 말했다.

"저 돈뭉치를 세어 보면, 30억은 넘을 겁니다."

진짜 현금을 목격한 준혁의 머릿속은 더욱 복잡해졌다. 장 박사의 말이 사실이었다. '부모님은 도대체 무슨 일을 하셨던 걸까… 어디서 이렇게 큰돈을…?' 병찬도 돈의 양에 놀란 듯 순간 말을 잃었다. 그는 스마트폰을 꺼내 조용히 사진을 찍고, 곧장 희망재단의 진승일에게 전송했다. 그 순간 박 전무와 눈이 마주쳤다. 박 전무가 병찬을 보고 말했다.

"형사님, 왜 아직도 안 가시고 여기에 계실까요? 이건 형사님과는 아무 관련이 없는 일이니까 불필요한 잡음 만들지 않았으면 좋겠습니다."

그리고 박 전무는 준혁을 바라보며 말했다.

"제 말이 맞죠? 자, 그럼 이 돈은 잘 정리해서 저희가 보관하고 있겠습니다. 아직은 보관만 하는 것이니 너무 걱정하지는 마세요."

준혁의 머릿속은 혼란스러웠다. 막아야 하지 않을까 하는 생각도 했지만, 박 전무의 말에 별다른 말을 할 수 없었다. 박 전무의 부하들은 돈을 정리하면서 차로 옮기기 시작했다. 돈의 양이 많아 정리하는데도 꽤 긴 시간이 걸렸다. 그때 병찬은 준혁의 눈을 바라보며 말했다.

"준혁 씨, 이 장부들에 적힌 금액이 어떤 내용인지는 정확히 모르겠지만, 희망재단과 관련된 돈인 것 같습니다. 아무래도 희망재단도 이 사실을 알아야 하지 않을까요?"

준혁은 점점 더 많은 의문에 사로잡혔다. 이 집에 숨겨진 것은 단지 돈이 아니라, 부모님이 감추고자 했던 어떤 비밀일지도 모른다는 불길한 생각이 들었다. 박 전무와 부하들이 지하에서 돈을 모두 정리하고 나가려던 그때, 검은 차 세 대가 빠르게 접근했다. 그 차들은 준혁의 부모님 집 앞에 섰고 건장한 사람들 여러 명이 집으로 뛰어 들어갔다. 그들은 희망재단 진승일 이사와 직원들이었다. 병찬의 안내에 따라 순식간에 지하실로 내려왔다. 박우선 전무와 진승일의 시선이 교차했고, 두 사람 사이에 긴장감이 흐르기 시작했다. 병찬은 그들을 중재하려 했지만, 상황은 긴박해지기 일보 직전이었다.

"이 돈은 희망재단의 자금입니다. 우리 재단의 공익사업을 위해 사용되어야 할 돈이라고요."

진승일은 박 전무를 바라보며 협박하듯 말했다. 박 전무는 가볍게 웃으며 말했다.

"그건 주인에게 물어보시죠?"

두 사람의 시선이 동시에 준혁에게 향했다. 준혁은 한순간 망설였다. 눈앞의 거대한 현금, 옆에 꽂혀 있는 장부들, 그리고 진승일의 집요한 시선. 그는 그 돈이 정말로 희망재단의 자금일 수도 있다는 생각이 스쳤다. 하지만 곧 마음을 다잡았다. 이 돈은 부모님을 살릴 기회이기도 했다. 만약 한 번이라도 과거를 되돌릴 수 있다면, 그 어떤 대가도 치를 각오가 되어 있었다. 준혁은 단호하게 말했다.

"이 돈의 정확한 출처는 저도 확신할 수 없습니다. 하지만 부모님께서 남기신 것이라면, 저에게 결정 권한이 있습니다. 진 이사님은 개입하지 말아 주세요."

진승일은 언성을 높였다.

"이러면 고인이 되신 부모님께서도 좋아하지 않으실 겁니다! 이건 준혁씨의 부모님께서 세운 희망재단의 자금이고, 재단 사업을 위해 써야 할 돈입니다!"

그 순간 준혁은 심장이 쿵쾅거리며 혼란스러워졌다. 이내 마음을 다잡고 진승일을 보며 단호하게 말했다.

"자꾸 더 그러시면 제가 희망재단 경영에 개입합니다. 그걸 원하시나요?"

준혁은 단호했다. 병찬은 두 사람 사이에서 갈등을 느끼며 준혁을 바라보았다. 준혁은 병찬과 눈이 마주치자 지시하듯 말했다.

"형사님, 여기서 이런 상황 정리 안 하시면, 다른 경찰을 더 부르겠습니다. 제 부모님 집에서 모두 나가 주세요."

병찬은 준혁의 강경한 태도에 당황했지만, 그가 말하는 대로 해야 한다고 생각했다. 그는 진승일을 설득해 집 밖으로 나가려고 했다. 하지만 진승일은 병찬의 말을 들은 체도 하지 않았다. 박 전무는 준혁에게 다가와 말했다.

"준혁 씨, 이 돈은 우리가 가져가지만, 우리가 실패하면 다시 돌려드리겠습니다."

순간 준혁은 이런 생각이 스쳐 들었다. '실패하면… 내가 저 돈을 기억할 수 있을까? 내가 이미 제정신이 아닐 수도 있을 텐데…' 진승일은 준혁에게 말했다.

"저기 있는 장부는 재단의 내부 자료입니다. 함부로 공개

되면 안 되는 자료이니 저것만큼은 저희가 가져가겠습니다. 나중에 필요하실 때 언제든 볼 수 있게 해드릴 테니 걱정 마시고요."

준혁은 잠시 고민하다가 고개를 가로저으며 말했다.

"아니요, 부모님의 자료이니 일단 여기에 두시죠. 나중에 희망재단에서 필요하실 때 제가 언제든 볼 수 있게 해드리겠습니다."

그가 겪고 있는 모든 일들이 혼란스러웠지만, 부모님을 되살리고 진실을 확인하겠다는 결심은 더 확고해졌다.

다음 날, 병찬은 진승일의 호출로 희망재단의 사무실을 찾아갔다. 진승일은 차가운 눈빛으로 병찬을 바라보며 첫 마디를 던졌다.

"이사장님이 집 지하에 숨겨놨을 거라곤 생각도 못 했네요. 다른 장소에 숨겨둔 줄 알았는데… 젠장 할… 엉뚱한 곳만 뒤지고 있었어요. 그 돈은 희망재단의 돈이고 우리한테 꼭 있어야 하는데…"

진승일은 속상한 듯 한숨을 내쉬며 바닥을 노려보았다. 병찬은 무표정한 얼굴로 진승일의 말을 들으며 가만히 있었다.

그는 마음속에서 여러 갈등이 교차하고 있었지만, 최대한 표정을 숨기고 있었다. 진승일은 잠시 침묵하다가 다시 말을 이어갔다.

"그날 이준혁 옆에 있었던 재수 없게 생긴 사람, 누구예요?"

병찬은 진승일의 질문에 머뭇거리며 답했다.

"글쎄요. 저도 그날 처음 본 사람이었습니다."

진승일은 얼굴을 찡그리며 병찬을 노려봤다.

"처음 본 사람이라고요? 그런데 왜 그분들과 이사장님 집에 같이 있었던 겁니까? 말이 안 되잖아요. 그 패거리들과 형사님이 함께 움직인 거잖아요!"

병찬은 차분한 목소리로 대답했다.

"설명하려면 좀 깁니다만… 아무튼 그날은 저 혼자 조사차 갔습니다. 집에도 몰래 들어갔고요. 혹시라도 30억 현금의 행방과 재단과 연관된 자료가 있을지 몰라서요. 그런데 그 타이밍에 이준혁 일행이 올 거라고는 예상을…"

진승일은 한참 동안 병찬을 쳐다보았다. 그의 눈빛에는 의심이 가득했고, 진실을 파악하려는 듯한 날카로운 시선이었다. 진승일은 고개를 저으며 말했다

"에이, 이젠 형사님도 못 믿겠어요. 형사님과 우리 희망재

단은 서로 협력하는 관계로 생각했는데…"

"…"

병찬은 무슨 말을 해야 할지 몰라 답하지 못했다.

"형사님, 이렇게 합시다. 그 돈은 희망재단의 돈이니 꼭 찾아와야겠어요. 박 전무라는 사람에 대한 정보를 좀 주시죠. 물론 우리도 별도로 조사를 할 겁니다만, 형사님이 더 빠르고 정확하게 주면 좋겠네요."

병찬은 침묵을 유지하며 생각에 잠겼다. 진승일은 잠시 병찬을 바라보다가 다시 말을 이었다.

"그나저나, 차혁진이 입을 연 건 있나요?"

병찬은 눈을 피하며 답했다.

"아직이요. 일주일 뒤에 입을 열겠다고 한 뒤로는 더 이상 특별히 말한 건 없었습니다."

진승일은 다시 한번 병찬을 쳐다보며 물었다.

"차혁진이 다른 말은 안 한 게 확실해요?"

그는 말을 이어갔다.

"형사님, 기억하세요. 제가 형사님 외에도 친한 형사님이 많다는 걸 말이죠."

"네…"

병찬은 이런 상황이 불편했지만, 그것을 드러내지 않으려 애썼다. 진승일은 병찬을 똑바로 바라보며 말했다.

"재단과 연관된 얘기가 절대로 나오면 안 됩니다. 알겠죠? 자! 제가 형사님께 이렇게 정중하게 부탁드리겠습니다!"

말투는 병찬을 존중하며 부탁하는 말투였지만, 강압적인 느낌을 떨칠 수 없었다. 그리고 전화로 누군가를 호출했고 곧이어 덩치 큰 직원이 쇼핑백을 들고 들어왔다. 진승일이 말없이 고개로 지시하자 그 직원은 병찬에게 쇼핑백을 건넸다. 그것을 받은 병찬은 얼굴이 굳었다. 그 안에 든 것은 돈뭉치였다. 병찬은 쇼핑백을 밀어내며 말했다.

"죄송합니다. 이제는 이 돈 주시지 않아도 될 것 같습니다."

진승일은 눈을 감은 채 짧은 숨을 고르더니, 묵직한 침묵을 드리웠다. 그 고요 속에는 꾹 눌러 담은 분노가 서려 있었다. 짧은 순간이었지만 병찬은 숨이 턱 막히는 압박감을 느꼈다. 그는 말없이 쇼핑백을 집어 들고 진승일을 향해 깊숙이 고개를 숙인 뒤, 조용히 사무실을 빠져나왔다. 형사로서의 죄책감과 벼랑 끝 위기감이 한꺼번에 밀려왔다. '이대로 가면 나도 위험해진다.'라는 위기감이 병찬을 긴장하게 했다.

병찬은 경찰서로 돌아가 사진으로 찍어둔 장부를 다시 한

번 꼼꼼히 살펴보았다. 그곳에서 그는 차혁진의 딸 이름을 발견했다. '차수연 30,000,000 조대식'. 병찬은 그 문구를 한참 동안 바라보았다. '이건 무슨 의미일까?' 그리고 이어지는 다른 이름들을 살펴보다가 그는 한 가지 공통점을 발견했다. 끝에 '조대식'으로 되어 있는 리스트에는 대부분 여자 이름이 적혀있었다. 병찬은 재빨리 희성에게 이 내용을 공유했다.

#10화

시간은 흘러 차혁진이 진술하기로 했던 날이 다가오고 있었다.

희성은 '조대식'이라는 이름을 끊임없이 되뇌었다. 그 이름이 의미하는 바를 찾기 위해 그는 자료를 뒤지고 인터넷을 검색하고, 자신이 할 수 있는 모든 방법을 동원해 봤지만, 조대식에 대한 실마리는 어디에도 없었다. 그의 존재는 마치 그림자처럼 감춰져 있었다. 마치 의도적으로 감춰진 흔적들만 있는 것 같았다. 희성은 책상에 앉아 감싸 쥔 머리카락을 쥐었다 펴며 한숨을 내쉬었다. '왜 이렇게 흔적이 없을까?' 희망재단과 연결고리가 있는 병찬을 통해 조대식에 대해 알아보고 싶었지만, 병찬도 온전히 믿을 수 없었다. 희성은 의자에 깊이 몸을 기대며 눈을 감았다. '젠장, 조대식만 찾을 수 있다면 뭔가 연결고리를 알 수 있을 텐데…' 희성의 책상 위에는 점점 쌓여간 서류와 메모들이 널브러져 있었고, 해답은 그 종이들 사이에서 더 깊이 파묻히는 듯했다. 희성은 답답함을 이기지 못하고 책상 위에 있던 펜을 힘없이 던졌다.

그날 오후, 병찬은 준혁에게 전화를 걸었다.

"준혁 씨, 내일 기억하시죠? 차혁진이 자백하기로 한 날입니다. 내일 오전 10시까지 경찰서로 와 주세요. 준혁 씨 옆에는 희성 형사가 함께 있을 겁니다."

준혁은 전화기 너머로 짧게 대답했다.

"알겠습니다. 내일 꼭 가겠습니다."

준혁의 목소리에는 어딘가 지친 기운이 감돌았다. 그의 한숨 소리가 희미하게 들려와 병찬은 잠시 입을 다물었다.

"준혁 씨… 내일 중요한 날이니 조금만 더 힘내세요."

병찬은 조심스럽게 덧붙였지만, 전화는 이미 끊겨 있었다.

다음 날 오전 10시, 경찰서의 취조실은 긴장감이 감돌고 있었다. 좁은 방 안에 있는 공기는 차갑고 무거웠다. 벽에 걸린 시계는 침묵을 깨며 초침을 움직였고, 낮은 조명은 차혁진의 얼굴에 날카로운 그림자를 드리우고 있었다. 병찬은 취조실에서 차혁진과 마주했다. 차혁진은 무표정한 얼굴을 하고 있었지만, 손목을 굳게 잡은 것을 보며 그의 긴장을 느낄 수 있었고, 그의 눈빛에는 무언가 깊은 분노가 담겨 있는 듯했다. 병찬이 의자에 앉아 차혁진을 바라보았다.

"차혁진 씨, 요청하신 두 조건을 모두 들어줬습니다. 이준혁 씨는 지금 유리 뒤에서 보고 있어요. 약속대로 자백하시겠습니까?"

차혁진은 무표정한 얼굴로 주변을 둘러보다가 유리창 쪽을 흘끗 바라보았다.

"이준혁이 정말 온 게 맞나요?"

병찬은 유리 쪽을 바라보며 말했다.

"희성 형사, 마이크 켜고 준혁 씨 목소리 좀 들려줘. 준혁 씨, 간단하게 인사 한마디 부탁드립니다."

잠시 후, 희성이 마이크를 켜자, 준혁의 차가운 목소리가 들렸다.

"차혁진, 나 여기 와 있다. 어렵게 결심해서 온 만큼 꼭 자백하길 바란다."

차혁진의 눈에 잠시 흔들림이 스쳤지만, 다시 차가운 표정으로 돌아왔고 알겠다는 듯 고개를 끄덕였다. 그리고 유리를 바라보며 말했다.

"그럼, 두 번째 조건은?"

병찬이 신호하자 곧 희성이 들어와 준비해 온 서류를 차혁진 앞에 가져다 놓았다.

"여기저기 조사를 했어요. 병찬 형사님이 이사장님 집에서 장부를 찾아 사진을 찍어 왔는데, 딸 이름으로 보이는 부분이 있었고요. '차수연 30,000,000 조대식'이라고 적혀있더군요. 혹시 이게 무슨 의미일까요?"

차혁진은 잠시 침묵하더니 이내 눈물을 흘리기 시작했다. 그의 눈빛에는 절망과 복수가 뒤섞인 감정이 가득했다. 차혁진의 예상치 못한 행동에 병찬과 희성은 조용히 차혁진을 바라보며 기다렸다. 차혁진의 어깨가 떨리며 눈물은 멈추지 않았다.

"저 장부의 뜻은…"

차혁진은 눈물을 닦으며 말을 이었다.

"조대식은 인신매매를 하는 놈입니다. 저 명부에 적힌 뜻은… 내 딸 수연이가 단돈 3천만 원에 팔려갔다는 뜻입니다… 세상 물정 모르는 어린 여자아이가 고작 단돈 3천만 원에 해외로 팔려 간 거라고요!"

차혁진은 울음을 참으려 했지만, 눈물은 계속 흘러내렸다. 그런 상황을 보고 있던 준혁의 얼굴에는 분노와 혼란이 교차하고 있었다. 병찬과 희성은 차혁진의 눈물을 바라보며 말을 잃었다. 피도 눈물도 없는 냉혈한이라고 생각했던 그가 지금은 그저 절망에 빠진 한 아버지였다. 차혁진의 고통이 느껴지는 순간이었다. 차혁진의 눈물이 그칠 무렵, 병찬은 어렵게 입을 열었다.

"심적으로 힘들겠지만… 그래도 약속대로 자백하시죠."

차혁진은 숨을 고르며 고개를 끄덕였다. 그의 눈에는 아직도 슬픔이 남아 있었다.

"네, 이제 자백하겠습니다."

그는 다시 한번 눈을 감고 깊게 숨을 들이마신 뒤 말을 이었다.

"이준혁, 잘 들어라. 네가 이 말을 듣고 진실을 알았으면 좋겠다."

차혁진은 유리 쪽을 바라보며 말했다.

"난… 희망재단 직원이었고, 이준혁 당신의 부모 밑에서 일했었다."

그는 잠시 숨을 고르고, 눈을 감았다가 다시 뜨며 이야기를 이어 나갔다.

"먼저, 희망재단에 대해 말해주겠다. 희망재단은 겉으로는 사회적 약자들을 도와주는 일을 한다고 알려졌지. 특히나 마약중독자와 도박중독자들을 위한 치료 프로그램을 만들어서 그들을 물심양면으로 돕는 걸로 말이야. 그들이 다시 사회에 나가 정상적인 생활을 할 수 있도록 말이야."

차혁진은 계속해서 말을 이어갔다.

"그런데 말이야. 마약에 중독된 사람, 도박에 중독된 사람의 특징이 뭔지 알아?"

잠시 병찬과 희성을 번갈아서 쳐다봤다. 그리고 유리 너머 준혁이 있는 곳을 보며 말을 이어갔다.

"완치가 힘들다는 거야. 아니, 사실상 완치는 없는 것일 수도 있어. 한번 그 맛을 본 이상 평생 참아야 하는 거지. 하지만 평생 참을 수 있는 사람이 얼마나 될까?"

차혁진은 유리 너머 있는 준혁을 주시하는 듯 바라보며 말했다.

"희망재단은 그것을 노렸다."

차혁진은 과거 재단 내부에서 보고 겪은 끔찍한 광경들을 떠올리며, 이를 묘사하기 시작했다.

"희망재단에는 각종 환자와 중독자들이 모이는 치료센터가 있다. 하지만 환자들이 재단 건물에 들어오면, 두꺼운 철문으로 구분된 공간에 가둬두고, 그 사이 재단 간부들은 몰래 약을 공급했지. 중독자들은 결국 더 빠져나오기 힘든 늪에 빠지게 되고…"

차혁진은 침을 삼키며, 그곳에서 무슨 일이 벌어졌는지 더 이야기하려 했지만, 입술만 파르르 떨렸다. 준혁은 유리창 뒤에서 이 모든 걸 듣고, 자신도 모르게 손을 꽉 쥐었다. '부모님이 세운 재단이 이랬다고?' 그 충격에 숨이 가빴다.

차혁진은 담담하게 말을 이어갔다.

"그렇게 불쌍한 사람들을 희망재단의 노예로 만들었다. 절대 약을 끊을 수 없게 조금씩 약을 주면서 말이지. 도박중독자들에게도 마찬가지로 도박 자금을 조금씩 쥐여 주고는 빚의 노예로 만들었지. 이 사람들이 무서운 게 뭔지 알아? 마약을 얻을 수 있다면, 도박 자금을 받을 수 있다면, 사람까지도 죽일 수 있는 사람들이거든. 희망재단은 그들을 통해 사채, 장기매매, 인신매매 등의 불법적인 일도 해왔어."

차혁진의 자백에 취조실은 무겁게 가라앉았다. 준혁은 유리 너머에서 이를 듣고 참을 수 없는 분노가 치밀어 올랐다. 부모님을 욕되게 하는 것을 참을 수 없어 마이크를 켜고 말했다.

"잠깐만, 그렇다면 이미 언론에서 이런 일이 밝혀졌을 텐데, 왜 언론에서는 희망재단에 대해선 좋은 이야기밖에 없는 거야? 차혁진, 너 자신을 합리화하려는 거 아니야?"

차혁진은 고개를 저으며 단호하게 대답했다.

"그럴만한 이유가 있어. 당연히 사고가 나고 언론에 노출되면 희망재단의 존립도 위험해지지. 그래서 모두에게 그렇게 하지는 않았어. 연고가 없는 사람, 가족이 모두 떠난 사람, 당장 없어져도 아무도 찾지 않을 사람에게만 치료를 핑계로 더 중독되게 만들고 노예로 삼았지. 그리고 그렇게 1년을 사회와 고립을 시킨다. 그렇게 되면 그나마 있던 지인들과도 연락이 끊기기 시작하고 그들의 기억에서도 사라지게 되지. 그렇게 잊히게 만든 다음 작업을 했다."

차혁진은 숨을 고르며 말을 이어갔다.

"물론, 치료가 돼서 잘 사회에 적응하는 사람도 있다. 그건 뉴스에서나 신문에서 봤을 거야. 잘 치료가 돼서 일상으로 돌아간 사람들의 공통점이 있다. 이것까지는 언론에 다 드러나진 않지만 대부분 잘사는 사람들이고 사회적으로 인지도가 높은 사람의 자식들일 거야. 그렇게 해야 그들에게 더 많은 후원을 받을 수 있기 때문이지."

병찬은 차혁진이 하는 말이 진실인지 유심히 관찰했다. 차혁진의 말은 설득력이 있었다. 준혁은 그 말을 들으며 깊은 혼란에 빠졌다.

"말도 안 되는 소리야! 난 부모님의 선행을 직접 두 눈으로 확인했고, 나 또한 한때 희망재단의 후원자였어. 거짓말하지 마!"

차혁진은 어이없다는 듯 인상을 찌푸리며 지으며 말했다.

"이준혁, 잘 생각해 봐라. 네 부모가 언제부턴가 희망재단 일에 입을 닫았지? 그리고 더 이상 네가 후원하지 못하게 했던 시기가 언제였을까?"

준혁의 머릿속에 과거의 기억이 급속히 스쳐 갔다. 10여 년 전, 그는 회사에서 크게 인정받아 거액의 성과급을 받았다. 그 돈 전액을 희망재단에 후원하려 했고 당연히 부모님이 자신을 대견해할 것으로 생각했다. 하지만 부모님의 표정은 예전 같지 않았다.

"아들아, 앞으로 희망재단은 신경 쓰지 않아도 될 것 같다. 재단 후원금도 충분하니, 이제 네 미래를 위해 이 돈을 저축해라."

"아버지, 이 돈 없어도 살 수 있어요. 앞으로도 저축할 기회는 많으니 받아 주세요. 지금까지 주변에서 받은 은혜에 비하면 이 정도는 아무것도 아니죠."

"아들아, 됐다. 안 받는다. 더는 이 얘기하지 말자. 그리고 희망재단에도 관심 두지 않았으면 좋겠다. 아빠도 더 이상 재단 일을 입에 올리지 않을 테니 그렇게 알아라."

아버지는 단호했다. 평소답지 않은 모습에 준혁은 큰 충격을 받았다. 그날 이후 아버지는 재단 이야기를 완전히 접었다. 준혁 역시 궁금했지만 아버지의 말을 따랐고, 재단에 관한 관심을 끊으려 애쓰는 동시에 부모님과의 연락도 점차 줄어들었다.

차혁진은 말을 이었다.

"그때 네 부모에게도 최소한의 죄책감은 있었겠지. 그래서 자식만은 그런 일에 엮이지 않길 바랐을 거야. 아들 얼굴도 당당히 볼 수 없었을 테고… 하지만 돈은 사람을 조금씩 타락시켜. 점점 대범해지고, 죄책감은 자취를 감추지. 난 네 부모를 어렸을 때부터 봐 왔다. 그래서 그분들을 예전 모습으로 돌려놓고 싶었어. 그분들은 한때 누구보다 따뜻하게 사회적 약자를 돌보던 분들이었거든…"

그의 부모님이 운영했던 재단이 이렇게 끔찍한 일을 저질렀다는 사실을 믿기 어려웠다. 준혁은 다시 물었다.

"그렇다면 그랬다는 증거가 있나? 말로는 누구나 할 수 있어. 신뢰할 만한 확실한 증거를 대 봐."

차혁진은 깊은 한숨을 쉬며 말했다.

"증거는 장부에 있다. 너의 부모 집에서 발견한 장부 말이다. 그 장부에 언급된 이름들, 그리고 그 쓰레기들이 무슨 짓을 했는지 알려주지."

차혁진은 얼굴에 깊은 주름을 새기며 말을 이어갔다.

"장부에 적힌 금액들은 사람들을 사고팔면서 희망재단에서 주고받은 금액들이야. 조대식은 재단에서 그 돈을 받고 사람들을 사서 해외로 팔아넘기던 자였어. 추정웅은 공장에서 가혹한 노동을 시키던 인간이고, 박윤주는 여성들을 사창가로 보내 착취하던 자였지. 진성해는 장기를 적출해 팔아넘기던 놈이었고… 이들은 모두 재단의 손발이었어. 재단의 실체는 그런 악마들이 모여 만든 지옥이었지. 그들과 희망재단을 연결하는 역할은 진승일과 내가 했었다."

차혁진의 말은 가히 충격적이었다. 준혁은 부모님 집 책장에 있던 장부에 적혀있던 이름들을 떠올렸다. 장부에 적혀있던 이름 중 차혁진이 말한 이름들이 있었음을 기억해 냈다. 병찬은 핸드폰으로 찍어두었던 장부의 사진을 다시 확인했다. 거기에는 차혁진이 말한 이름들이 정확히 적혀있었다. 병찬은 진실을 더 깊이 파헤치기 위해 차혁진에게 물었다.

"그렇다면 재단에서 일하던 당신이 왜 이런 짓을 한 거죠? 당신은 희망재단에서 핵심 업무를 맡았잖아!"

차혁진은 길게 한숨을 내쉬며 고개를 숙였다. 과거의 기억이 번개처럼 스쳐 지나갔다.

차혁진의 삶에서 '행복'은 늘 낯선 단어였다. 고아원에서 자라며 버림받고 소외된 아이였기에, 세상을 삐딱한 시선으로 바라볼 수밖에 없었다. 그런 그에게 처음 희망을 주었던 이가 준혁의 부모였다. 성인이 되어도 방황하던 그를 붙들어 희망재단 일자리를 제공해 준 것도 그들이었다. 재단에서 일하며 그는 비로소 자신의 존재 이유를 깨달았고, 어려운 이들을 돕는 일에 온 힘을 쏟았다. 늦은 나이에 그는 따뜻하고 차분한 여인 희경을 만났다. 둘은 금세 사랑에 빠져 가정을 꾸렸지만, 오랫동안 아이를 얻지 못했다. 수없는 치료 끝에 기적처럼 태어난 딸 차수연은 그들의 전부였다. 차혁진은 수연을 바라보며 다짐했다. '이 아이에게만큼은 내 어린 시절 같은 고통을 주지 않을 거야.' 그러나 진승일과 조대식이 희망재단 깊숙이 발을 들이면서 차혁진의 삶은 악몽으로 변했다. 처음에는 그도 유혹에 흔들렸다. 더 많은 돈으로 딸의 미래를 완벽히 만들고 싶었다. 그러나 시간이 갈수록 자신의 탐욕이 혐오스러워졌다. 결국 그는 결심했다. 재단의 불법 행위와 두 사람의 탐욕을 준혁의 부모에게 털어놓고, 모든 것을 바로잡자고 설득했다. 준혁의 부모는 차혁진의 설득에 잠시 흔들렸지만, 끝내 돈 앞에서 그를 외면했다. 그 뒤 차혁진은 본능적으로 위협을 느꼈고, 아내와 딸을 데리고 숨어 지냈다. 그러던 어느 날 밤, 그가 자리를 비운 사이 집에 침입자가 들었다. 남은 것은 싸늘히 식은 희경의 시신뿐이었다. 딸 수연은 자취를 감췄다. 경찰은 형식적 수사 끝에 자살로 종결했다. 그 사건의 담당 형사는 병찬이었다. 그날 이후 차혁진은 완벽히 무너져 내렸다. 남은 건 희망재단을 향한 잔혹한 복수심뿐이었다.

차혁진은 고개를 들어 병찬을 바라봤다.
"맞습니다. 난 한때 재단에서 인정받던 직원이었고, 진승일은 내 밑에서 일하던 직원이었죠. 어느 순간부터 희망재단의 도움을 받은 사람들이 팔려 나가고 죽어 갔습니다. 그들은 내 아내, 내 딸일 수도 있었어요. 그래서 몰래 피해자 몇 명을 구해줬지만, 진승일이 알게 되었습니다."
그의 목소리가 떨렸다.
"진승일은 날 배신자라 부르며 절 압박했습니다. 마치 오래전부터 이것을 노린 것처럼 말이죠. 그리고 그 뒤에는 역시나 이준혁의 부모가 있었습니다."
차혁진은 눈빛이 갑자기 차가워졌다. 그의 눈에 서린 분노와 고통이 취조실을 가득 채웠다. 잠시 말을 멈춘 차혁진은 다시 유리 쪽을 바라보며 차분한 목소리로 말을 이었다.
"이준혁… 네 부모는 겉으로는 선한 얼굴을 하고 있었지만, 그들이야말로 가장 사악한 자들이었어. 네가 평생 사죄하며 살아도 그 피를 다 갚지 못할 거야. 네 부모 때문에 내 아내는 살해되었고 심지어 자살로 위조되었다. 내 딸은 조대식에게 넘겨져 해외로 팔려 나갔다. 지금쯤 그곳에서 죽었거나, 끔찍한 삶을 이어가고 있을 거다."

유리 너머에서 듣고 있던 준혁은 입술을 깨물었다. 부모에 대한 자부심이 서서히 무너져 내렸다. '거짓말이야… 부모님이 그럴 리 없어…' 충격과 혼란이 뒤엉켜 가슴이 저릿했다. 벽에 기대어 숨을 고르며 그는 머리를 감쌌다. '정말이라면 어쩌지… 부모님이 잔혹한 범죄자였다면, 내가 그들을 구하는 것이 맞는 것일까…?' 복잡한 내면이 사방팔방으로 찢겨 나가는 기분이었다.

병찬은 그 무거운 분위기 속에서 준혁의 집에서 찍었던 장부사진을 다시 들여다보았다. 장부에 기록된 이름들은 모두 재단과 연관된 거래를 의미하는 것이 분명했다. 차혁진의 딸도 그 피해자 중 하나였다는 사실에 병찬은 점점 더 불길한 예감을 느꼈다. 잠시 후 차혁진은 병찬과 희성을 바라보며 요청했다.

"부탁드립니다. 제 딸이 살아있는지 확인해 주시고, 살아 있다면 제 딸을 꼭 우리나라로 데려와 주세요. 그럼, 재단의 모든 비리, 내가 아는 한 다 말하겠습니다. 그리고 진승일을 잡을 수 있는 증거도 드리겠습니다. 평생을 사죄하며 살겠습니다. 제발 부탁드립니다. 조대식… 조대식을 파면 제 딸의 행방을 정확히 알 수 있을 겁니다."

병찬은 차혁진의 간절한 눈빛을 바라보며 무거운 한숨을 내쉬었다. 그는 차혁진이 자신이 저지른 모든 죄를 씻기 위해, 딸의 흔적을 찾기 위해 모든 것을 내걸고 있다는 것을 느낄 수 있었다. 희성이 차혁진에게 물었다.

"조대식은 지금 어디에 있죠? 오늘 한 말들이 모두 사실이라면, 딸의 행방도 찾아보고 만약 살아있다면 한국으로 돌아올 수 있도록 노력해 보겠습니다. 하지만 오늘 한 자백이 거짓이라면 그 이상의 책임을 져야 할 겁니다!"

"감사합니다, 형사님. 제발… 우리 수연이를 꼭 찾아주세요. 조대식은 지금도 어딘가에서 계속 나쁜 일들을 하고 있을 거예요. 그가 아지트로 사용하는 폐창고가 있습니다. 그곳에서 단서를 찾을 수 있을 겁니다. 조대식의 PC! 그 안에 내 딸의 흔적, 그리고 재단의 어두운 진실이 담겨 있을 거예요."

차혁진은 아지트의 대략적 위치를 설명해 주었다. 특히 'PC 안에 모든 자료가 있다'고 재차 강조했다. 희성은 조대식이 있는 폐창고에 가야 한다는 차혁진의 말을 곱씹으며 고개를 끄덕였다. 희성에게는 이제 조대식을 찾고 차혁진의 딸의 행방을 찾는 것이 가장 중요한 목표가 되었다. 병찬의 표정은 여전히 굳어 있었지만, 그 안에 흔들리는 감정들이 엿보였다.

차혁진이 준혁을 불러 직접 이야기를 들려준 것은 분명한 의도가 있었다. 그는 준혁이 희망재단의 진짜 얼굴을 마주하게 해서 그가 자신과 같은 고통과 분노를 느끼게 하려 했다. 취조실 문이 닫히자, 준혁은 그대로 주저앉았다. 부모의 진실, 차혁진의 고통, 그리고 수연이라는 이름이 파도처럼 한꺼번에 밀려왔다. 혼란과 배신감이 얽혀 그의 세상을 휘몰아쳤다.

# 11화

 병찬과 희성, 준혁은 취조실 뒤에서 대화를 나눴다. 희성이 말했다.

 "차혁진의 말이 진실이라면… 희망재단 막아야 해요. 이사장이 죽었다고 해서 그 일을 멈추진 않을 테니…"

 준혁이 희성의 말을 거들며 말했다.

 "진실은 밝혀야죠. 만약 차혁진의 말이 거짓이라도 저의 부모님 집에서 의심스러운 장부가 발견이 되었고, 출처를 모르는 현금다발들… 꼭 확인해야 됩니다."

 희성이 병찬을 바라보며 말했다.

 "형님, 영장 받아서 빨리 조대식 조사하러 가시죠."

 병찬은 희성을 바라보며 우려스럽게 말했다.

 "아니야. 그냥 무턱대고 들어갔다간 우리가 위험해질 수 있어."

 희성은 답했다.

 "그렇다면 지원 요청해서 가시죠. 제가 재빨리 요청서 작성하겠습니다."

 병찬은 잠시 갈등하는 표정을 지었다. 진승일에게 압박받는 입장에서, 희망재단을 조사하는 데 추가적인 경찰 투입을 시도했다간 본인이 곤란할 수밖에 없었다.

"지원이 필요하긴 한데… 차혁진의 진술만으로는 어렵고 추가적인 증거를 더 확보해야 하겠어. 나랑 추가적인 증거를 더 확보해 보자고. 일단 영장 신청하지 말고 내일 중에 바로 출발하자. 먼저 조대식이 있는 창고 주변 CCTV랑 지리 파악 좀 해봐."

희성은 병찬의 답변에 당황했다.

"예? 지금 영장 없이 움직이자는 말씀인 거예요? 그거 무단 침입이에요. 자칫하다가는 우리 경력도 끝장난다고요!"

병찬은 흥분한 희성을 진정시키려 답했다.

"그걸 내가 몰라서 그렇게 하겠어? 윗선도 썩어있어. 영장 신청하는 순간 희망재단 진승일에게 분명 먼저 정보가 흘러 들어갈 거야. 그러면 증거 싹 사라진다."

"그래도 절차는…"

"차혁진 입 한마디만으론 모자라. 조대식 창고에서 희망재단을 칠 수 있는 확실한 증거를 가져와야 해. 그리고 우리에게 시간이 그렇게 많지 않을 수 있다고! 먼저 증거를 확보한 다음에 확실하게 조대식과 진승일을 잡아들이는 거야!"

희성은 다시 한번 병찬에게 경찰 내부 인원 몇 명을 설득해보겠다고 제안했지만, 병찬은 동의하지 않았다. 준혁이 조심스레 한 걸음 다가섰다.

"저도 동행하겠습니다. 직접 확인하지 않으면 평생 후회할 것 같습니다."

희성은 단호하게 고개를 저었다.

"민간인 동행은 규정 위반입니다."

"위험한 건 압니다. 하지만 차혁진의 말이 사실인지 이 두 눈으로 직접 확인해야겠습니다. 부모님이 어떤 분이셨는지… 그래야 후회가 없을 것 같습니다."

"아니요, 절대 안 됩니다!"

잠시 침묵이 흘렀다. 준혁이 다시 입을 열었다.

"그렇다면 이건 어떨까요? 저에게 조대식의 아지트로 추정되는 폐창고 도면이 있습니다. 몰래 들어갈 경로를 파악하려면 이 도면이 필요합니다."

병찬은 다시 한번 단호하게 거절하려는 희성을 막으며 물었다.

"그 도면은 어디서?"

"부모님 집에 있습니다. 장부를 뒤지다 '조대식'으로 분류

된 서류에서 발견했어요. 5년 전쯤 희망재단 소유의 창고가 조대식 명의로 바뀐 기록이 있더군요. 제가 함께 가는 조건으로 도면을 드리겠습니다."

병찬이 걱정스러운 표정으로 물었다.

"나중에 후회할 수도 있습니다. 정말 괜찮으시겠습니까?"

준혁이 결연히 고개를 끄덕였다.

"네, 제가 내린 결정은 제가 감당하겠습니다."

그의 눈에는 혼란과 분노가 뒤섞여 있었지만, 그 안에 단단한 결심도 비쳤다. 희성은 여전히 우려하며 반대했다.

"형님, 자꾸 왜 그러세요? 이건 규정을 어기는 거잖아요? 전 같이 못 갑니다!"

병찬이 희성을 달래듯 말했다.

"어차피 영장 없이 들어가는 거야. 지금 상황에서 문제 삼으면 끝도 없어. 준혁 씨도 같이 간다." 희성은 답답한 듯 고개를 숙였다.

이제 모든 이들의 목표는 명확해졌다. 조대식을 통해 희망재단의 비리를 확보하는 것, 차혁진의 딸의 행방을 찾는 것. 그리고 조대식을 통해 구체적 물증을 확보하는 것. 그 과정을 통해 준혁은 스스로 '부모님의 진짜 모습이 어떤 것이었는지' 반드시 확인하고 싶었다. 준혁과 병찬, 희성은 복잡한 감정과 어두운 예감이 교차하는 가운데, 각자 목표를 어떻게 이뤄낼 것인지에 대한 고민에 빠졌다. 병찬과 희성은 희망재단의 비리를 밝혀내기 위해 수사에 돌입했다. 준혁도 그들과 함께 진실을 직접 확인하기로 마음먹었다. 희망재단이 숨기고 있는 어두운 진실이 그들의 발걸음을 재촉했다. 희성은 곧바로 차혁진이 언급한 조대식의 폐창고 위치를 찾아 검색해 보았다. 그곳은 도심에서 멀리 떨어진, 사람들이 잘 찾지 않는 외딴곳에 있었다.

다음 날 오후, 그들은 함께 조대식의 아지트로 출발했다. 병찬은 진승일에게 진행 상황에 대해 보고해야 하는 의무를 느꼈지만, 직감적으로 이를 미루기로 결심했다. 이동 중, 병찬은 조수석에서 뒷자리에 앉은 준혁을 바라보며 조심스럽게 물었다.

"준혁 씨, 우리가 마주하게 될 진실은 생각보다 훨씬 더 어두울 수 있습니다. 괜찮으시겠습니까?"

준혁은 창밖을 바라보며 깊은숨을 들이쉬었다.

"네, 괜찮습니다. 부모님이 어떤 일을 했든, 진실을 마주해야겠죠. 사실 전 아직도 차혁진이 거짓말을 하고 있는 것이 아닐까… 아니면 뭔가 오해가 있는 것은 아닐까… 그렇게 생각하고 있습니다."

병찬은 고개를 끄덕이며 말했다.

"전 차혁진 말을 다 신뢰할 수 없습니다. 희망재단의 비리들을 가장 앞장서서 해왔던 놈이에요. 분명 뭔가 꼼수가 있을 것 같아요. 차혁진의 말이 진실인지, 거짓인지 같이 밝혀보시죠."

어두워질 때쯤 창고 인근에 도착했다. 잡초가 무성하게 자라 있었고, 길가에는 오래된 철조망과 녹슨 간판들이 방치되어 있었다. 주변에는 버려진 건축 자재와 부서진 나무판자들이 흩어져 있어 을씨년스러운 분위기를 자아냈다. 발각되지 않을 정도의 위치에서 차를 세우고 모두 차에서 내렸다. 병찬은 창고로 향하기 전에 희성과 준혁을 잠시 바라보며 말했다.

"여기서부터는 조심해야 합니다. 단서를 찾는 것도 중요하지만, 우리 안전이 최우선이에요. 그리고 준혁 씨는 창고 안에는 들어가지 않는 것으로 하겠습니다. 이 자리를 지켜주시고, 혹시 밖에서 무슨 일 생기면 연락해 주세요."

준혁은 굳은 표정으로 고개를 끄덕였다. 병찬과 희성은 창고로 조심스럽게 걸었다. 창고에 가까워질수록 긴장감은 더해졌다. 희성은 지금 자신이 무언가 중대한 비밀을 파헤치기 직전에 있다는 예감에 휩싸였다. 병찬과 희성은 주변을 신중히 살피며 조용히 창고 앞까지 도착했다. 폐창고는 예상보다 훨씬 큰 대형 창고였다. 외벽은 페인트가 벗겨지고 곳곳에 균열이 가 있어, 가까이 다가갈수록 음습한 기운이 짙었다. 안쪽에선 희미한 불빛이 새어 나오고, 낮은 웃음과 대화가 뒤엉킨 소리가 바람에 실려 왔다. 병찬이 손짓으로 신호를 보내자, 희성이 뒤따랐다. 출입문 앞에는 부하 둘만 서 있었다. 경비가 생각보다 허술하다는 사실에 안도하면서도, 두 사람은 준혁이 건네준 도면을 떠올리며 시야를 피하려 창고 뒤편으로 몸을 돌렸다. 뒤편엔 인적이 없었지만, 길고양이 몇 마리가 등에 털을 세운 채 낯선 침입자를 노려보고 있었다. 잠긴 줄 알았던 좁은 창문을 살짝 젖히자, 작은 삐걱 소리와 함께 안쪽으로 열렸다. 그들은 몸을 구겨 넣고 들어가니 머리 위로 낡은 철제 계단이 뻗어 있었다. 병찬이 선두에 서서 계단을 먼저 올랐고, 희성이 뒤를 따랐다. 계단을 4~5계단쯤 올랐을 때였다. '틱!' 센서등이 번쩍 켜지며 그들의 머리 위를 후려쳤다.

"으윽…!" 희성이 짧은 신음을 내뱉자, 병찬이 재빨리 그의 어깨를 눌러 함께 몸을 낮췄다. 두 사람은 숨을 죽인 채 계단 난간 밑에 붙었다. 시야에서는 완전히 가려졌지만, 불이 켜졌다는 사실만으로도 침입자가 있다는 신호가 되기에 충분했다. 밑에서 웅성거림이 일었다. 시선이 센서등 쪽으로 모여드는 기척이 느껴졌다. 그때 병찬의 눈에 난간 아래 웅크린 고양이 한 마리가 들어왔다. 순식간에 바닥의 작은 돌을 집어 들어 고양이 쪽으로 톡 던졌다. 돌멩이가 앞을 스치자, 고양이가 '야옹!' 하고 날카롭게 울더니 계단 위로 질주했다. 그 움직임에 따라 또 다른 센서등이 차례로 켜졌다. 고양이의 뛰어가는 소리는 낡은 선반 위에서 크게 울려 모두에게 들렸다.

"저놈의 고양이 또 들어왔네! 잡아서 내쫓든지 해야지!"

툴툴거리는 목소리와 함께 관심이 고양이 쪽으로 옮겨 가자, 긴장으로 조여 있던 공기가 잠시 느슨해졌다. 병찬이 희성에게 수신호를 했다. 센서등이 꺼지기 전에 빨리 움직이자는 신호였다. 다시 꺼졌다 다시 켜졌을 때는 더 이상 숨을 수 없음을 병찬은 직감했다. 센서등이 꺼지기 전에 두 사람은 그림자처럼 계단을 기어올랐다. 위층 복도에 올라선 병찬과 희성은 깊게 숨을 들이켰다. 철제 난간 사이로 아래층이 훤히

내려다보였다. 시야가 미치지 않는 벽 그늘을 따라 엎드린 자세로 이동하며 상황을 살폈다. 왼편에는 감옥 칸처럼 보이는 철창이 열 줄쯤 이어져 있었고, 오른편 중앙엔 큼지막한 테이블 하나가 배치돼 있었다. 그 앞에 마주 앉은 두 사람, 한쪽은 희망재단 이사 진승일, 다른 한쪽은 조대식으로 추정되는 사람이었다. 그들 주위로 덩치 큰 경호원들이 원을 그리듯 서 있었다. 순간, 과거 희망재단에서 조대식을 처음 봤을 때 느꼈던 날것의 공포가 되살아나며 병찬의 등줄기를 서늘하게 훑고 지나갔다.

진승일과 조대식은 이리저리 손짓하며 웃고 있었다. 진승일이 희망재단의 비리에 깊이 연루되어 있다는 사실이 분명해졌고, 단순히 연관된 정도가 아니라 사건의 핵심 인물이자 중심인물일 수도 있다는 생각이 병찬의 머릿속을 스치며 그의 심장이 철렁 내려앉는 것을 느꼈다. 병찬은 입술을 굳게 다물고, 이 일을 어떻게 처리해야 할지에 대한 복잡한 감정이 가슴속에서 뒤엉켰다. 병찬과 희성은 그들이 무슨 대화를 하는지 귀 기울였지만, 잘 알아들을 수가 없었다. 그들을 촬영하고 대화를 엿듣기 위해서는 더 가까이 다가갈 필요가 있었다.

희성이 손짓과 작은 목소리로 병찬에게 속삭였다.

"제가 저기 가서 무슨 얘기하는지 듣고 촬영하고 올게요."

진승일과 조대식은 여유로운 표정으로 웃고 있었지만, 그 부하들의 눈빛은 날카로워 보였다. 병찬은 조심스럽게 위층에서 그들 쪽으로 조금씩 다가갔다. 그 순간! '삐걱'. 희성이 낡은 난간을 밟으며 소리가 났다. 희성은 소리에 놀라 재빨리 발을 떼고 몸을 움츠렸다. '삐걱'. 또다시 난 소리에 그들의 심장은 긴장감에 쿵쾅거렸고, 땀이 이마에 맺히기 시작했다. 순간 창고 안에서 대화하던 진승일과 조대식의 말소리도 멈췄다. 순식간에 정적이 흘렀다. 병찬과 희성은 몸을 움츠리며 숨을 참았다.

"뭔 소리지? 이거 나만 들었나?"

조대식이 부하들을 보며 말했다.

"저도 들었습니다. 저 위에서 난 것 같은데 저희가 빨리 살펴보고 오겠습니다."

부하 중 우두머리로 보이는 자가 대답하며 부하들에게 손짓했다. 그러자 부하들이 창고 위쪽을 바라보며 재빠르게 흩어지기 시작했다. 병찬과 희성은 서로 눈이 마주쳤다. 잠깐의 찰나에 도망갈지, 더 깊이 숨을지 고민하는 찰나에 병찬의 눈에 경계하며 꼬리를 세우고 있는 고양이가 들어왔다. 병찬은 재빨리 주변에서 작은 돌멩이를 들어 고양이를 향해 던졌다. 고양이는 재빨리 돌을 피해 2층 난간 반대편으로 빠르게 뛰어갔다. 고양이의 뛰어가는 소리는 낡은 선반 위에서 다시 한번 울려 퍼졌다.

"야, 됐다! 다 돌아와! 아이 씨~, 저놈의 고양이."

조대식이 짜증 섞인 목소리로 소리쳤다. 조대식의 말을 들은 부하들은 다시 자리를 정리하며 돌아왔다. 조대식은 덩치 큰 한 부하를 바라보며 말했다.

"야! 요즘에도 고양이 밥 주냐?"

"아… 주는 게 아니고 남는 밥을 버리는 건데 그걸 먹는 거라서…"

"야, 이 새끼야! 그걸 말이라고 하냐!"

조대식은 꾸중하며 말을 이었다.

"사람은 밥 먹듯이 죽이면서 하여튼 변태 같은 새끼."

조대식은 마음에 안 든다는 듯 고개를 저었다. 부하는 고개를 숙이며 작게 대답했다.

"죄송합니다. 앞으로 신경 쓰겠습니다."

10여 분 정도가 더 흘렀을까. 진승일과 조대식은 대화를 마쳤는지 진승일이 먼저 창고를 떠났다. 조대식도 진승일과 헤어진 뒤 잠시 동안 집무실로 보이는 곳에 들어가더니 곧이어 창고를 빠져나갔다. 뒤따라 그의 부하들도 빠르게 이동했다. 병찬과 희성은 한숨을 돌리나 싶었으나, 모두 떠나지 않고 부하 세 명이 창고를 지키고 있었다. 그들은 곤봉 등을 가진 반무장 상태로 경계하고 있었다. 희성은 조용히 병찬에게 귓속말로 물었다.

"지금이라도 지원 요청해야 하는 것 아닐까요?"

그의 눈에는 불안함이 서려 있었고, 이마에는 식은땀이 맺혀 있었다. 병찬은 인상을 찌푸리며 귓속말로 답했다.

"야, 미쳤어. 지금은 일을 크게 만들 필요는 없어. 우리가 확실한 증거를 확보한 후에 해야 돼."

그리고 말했다.

"내가 저기 집무실에 들어가야 할 것 같은데 좋은 방법이 없을까?"

병찬은 희성에게 해결책이 있길 기대했지만, 희성은 아무 말 없이 부하들을 바라볼 뿐 대답이 없었다. 증거를 찾기 위해서는 창고를 지키고 있는 세 명에게 들키지 않고 조대식의 집무실로 침투하는 것이 중요했다. 하지만 저들이 지키고 있는 한 집무실에 들어가기는커녕 들키지 않고 나갈 수 있을지도 의문이었다. 부하 중 한 명이 천장을 바라보며 기지개를 켜다 갑작스럽게 말했다.

"야, 잠깐만! 비상이다!"

병찬과 희성은 다시 한번 얼어붙었다.

12화

"야, 뭐? 왜? 뭐 있어?"

같이 경비를 서던 부하들이 경계 태세를 갖추며 물었다.

"야, 큰일 났어!"

긴장한 얼굴로 동료들을 바라보며 말했다.

"위에 누가 있어?"

경계하며 창고 위쪽을 바라보며 물었다.

"아니… 졸려. 졸려서 못하겠다."

장난스러운 말투로 대답했다.

"야 이 씨발놈아, 진짜 그만 좀 해라. 하여튼 넌 장난할 때와 아닌 때를 분간도 못하냐!"

동료들이 다가와 장난친 부하의 머리를 가볍게 밀치고 때리면서 말했다. 병찬과 희성은 심장이 철렁 내려앉는 듯했다. 가만히 있는데도 땀은 멈출 줄 몰랐다. 장난치던 부하가 말했다.

"아이 씨. 야, 우리 오늘은 좀 쉬어도 되지 않냐? 우리가 지금 데리고 있는 인질도 약에 취해있는데 이렇게 지킬 필요가 있어?"

"지키라잖아, 임마. 사장님이 지키라면 지켜야지."

"맞는 말인데… 쟤들은 약에 취해있어서 한참 후에 제정신이 들 것이고… 방금 사장님도 막 가셨으니까…"

"사장님 가셨으니까 뭐?"

"가셨으면 이제 안 오지 않겠냐?"

"그래서 뭐?"

"진짜 말귀를 못 알아먹네! 그냥 쉬면서 술 한잔하자고, 임마!"

대화를 듣기만 하던 다른 동료도 동의하자 그들은 재빨리 장구류를 벗으면서 휴게실로 보이는 곳으로 향했다.

부하들이 자리를 뜨자마자 병찬과 희성은 긴장된 얼굴로

서로 눈빛을 교환했다. 병찬은 조금만 더 기다리자고 손짓했다. 잠시 후 휴게실에서 웃음소리가 들리기 시작하자 희성이 먼저 발끝에 모든 신경을 집중하며 조대식의 집무실로 추측되는 방향으로 움직이기 시작했다. '삐걱'. 희성은 순간 얼음처럼 몸이 굳었고, 병찬은 휴게실 쪽으로 고개를 돌려 그들의 동향을 살폈다. 다행히 부하들은 소음을 인지하지 못한 듯했다. 부하들은 네모난 탁자에 앉아 있었고, 한 명은 휴게실 문을 등지고 앉아 있었으며 두 명의 부하는 서로 마주 보고 있었다. 소리 내지 않고 조심스럽게 지나가면 들키지 않을 수도 있을 것 같았다. 그들에게는 이것보다 더 나은 선택지가 보이지 않았다. 눈에 띄지 않기를 바라며, 두 사람은 휴게실에서 최대한 먼 방향에서 몸을 낮춘 채 조심스럽게 휴게실 쪽을 지나치기로 했다.

병찬이 먼저 심호흡을 하고 조심스럽게 움직이기 시작했다. 그가 지나가는 동안 부하들이 고개를 돌리거나 움직이는 조짐이 있을 때마다 그는 숨을 멈추며 기다렸다. 뒤이어 희성도 천천히 이동했다. 그때, 부하 중 한 명이 무언가 이상함을 느낀 듯 잠시 고개를 돌렸다. 병찬은 순간적으로 몸을 숨기고 숨을 멈췄다. 다행히 부하는 별다른 의심 없이 다시 술잔을 들었다.

"야, 너 이 새끼!"

한 부하의 목소리가 들렸다. 희성은 그 자리에서 얼음처럼 굳어버렸다.

"술 꺾어 마시지 말라고 임마! 얼른 마셔!"

부하들은 흥겨워하며 대화하는 목소리가 커지고 있었다. 병찬과 희성은 겨우 숨을 돌리며 다시 움직이기 시작했다. 조대식의 집무실 근처로 가서 안전을 확인한 뒤 병찬에게 손짓으로 신호를 보냈다. 병찬은 조심스럽게 조대식의 집무실 문 앞으로 갔다. 손잡이를 천천히 돌리며 문을 열자, 안쪽에는 서류 더미와 컴퓨터가 있었다.

병찬은 서둘러 집무실 안으로 들어가 서류를 살펴보기 시작했다. 중요한 정보가 담긴 것처럼 보이는 서류를 몇 장을 사진 찍었다. 희성은 철제 책상 위에 놓여 있던 PC를 향해 재빨리 다가갔다. 조대식의 PC를 켰지만, 화면에 보이는 건 비밀번호 입력 창이었다. 어찌 보면 비밀번호 인증은 당연했지만, 병찬과 희성은 그 시나리오를 예상하지 못했다. 두 사람의 눈빛은 흔들렸다. 머릿속은 수많은 생각으로 가득 차 복잡하게 돌아갔다. 위험을 감수하고 여기까지 왔는데, 비밀번호를 풀지 못하면 사건의 실마리를 풀 수 없다는 생각이 들자 두 사람의 이마에는 땀이 맺혔다. 병찬은 초조하게 주변을 살폈고, 희성은 손가락을 주먹으로 꽉 쥐며 고심했다. '이렇게 끝낼 수는 없어…' 그들의 심장은 조여 오는 압박감에 더욱 빠르게 뛰기 시작했다.

"젠장… 이걸 꼭 풀어야 하는데… 여기서 어떻게 풀 수 없을까?"

병찬이 조급하게 희성을 바라보며 말했다.

"비밀번호를 당장 찾을 수 있는 방법이 없으니…"

잠시 고민하던 희성은 PC를 물끄러미 바라보다가 제안했다.

"아! 방법이 하나 있어요. 이걸 그냥 가져가서 전문가에게 맡겨보는 건 어떨까요? 최대한 빠르게 전문가를 통해 하드를 복사하고 다시 원위치 시켜 놓는 겁니다."

병찬은 잠시 생각하더니 고개를 끄덕였다.

"좋아, 그렇게 하자. 우리가 할 수 있는 최선인 듯하니 빨리 가져가서 전문가에게 맡기자."

희성은 모니터와 PC 본체를 서서히 분리하기 시작했다. PC 본체를 분리할 때 철제 부품들이 서로 맞물리며 미세한 소리가 났다. 희성은 신중하게 움직였지만, 손끝은 땀으로 젖어 있었다. 병찬은 숨죽이며 주변을 경계했고, 초조함에 안절부절못하며 희성에게 속삭였다.

"빨리 좀 해, 시간이 별로 없다니까."

희성은 최대한 소리가 나지 않게 조심스럽게 본체를 분리했다. 분리가 완료되자 병찬과 희성은 재빨리 집무실을 정리하면서 빠져나갈 준비를 했다. 그때 병찬에게 날라 온 문자 한 통.

"지금 차 한 대 빠르게 접근 중. 방금 나갔었던 차와 비슷함"

준혁에게 온 문자였다.

"아이 씨, 비상이다. 다시 PC 제자리에 놓고 빨리 숨자."

"예? 선도 다 분리했는데…"

"시간 없어. 일단 제자리에 두고 빨리 숨어야 해."

그들은 PC를 다시 제자리에 가져다 두고 집무실을 정리하면서 빠져나갈 준비를 했다. 멀리서 차의 엔진 소리가 들려오기 시작했다. 창고를 지키던 부하들도 그 소리를 들었는지 갑자기 허둥지둥 정리하는 소리가 들렸다. 병찬과 희성은 재빨리 조대식의 집무실을 나와 창고 안쪽 어두운 곳으로 몸을 숨겼다. 순간의 망설임조차 허용되지 않았다.

"아, 젠장…"

몸을 숨긴 순간 희성이 머리를 감싸 쥐며 작은 소리로 자책했다.

"갑자기 왜? 뭐 잘못된 거 있어?"

병찬은 놀라며 조용히 물었다.

"저기… 조대식 집무실… 문이 완전히 안 닫혔어요."

희성은 여전히 고개를 푹 숙인 채로 말했다. 조대식의 집무실 문은 살짝 열려 있었다. 희성이 급하게 나오느라 문을 닫지 않은 것을 뒤늦게 깨달은 것이다. 온몸이 긴장으로 굳어지기 시작했다. 부하들은 휴게실에서 급하게 나오고 있었고, 그 순간 조대식의 차가 창고 안으로 들어왔다. 조대식은 차에서 내리자마자 소리쳤다.

"야, 이 새끼들아! 또 이 지랄이냐! 내가 뭐라고 했어! 긴장 풀지 말라고 했지!"

그의 화난 목소리에 부하들의 몸은 경직되었다.

"죄송합니다!"

그들은 일제히 군기 잡힌 목소리로 대답했다. 그들의 목소리에는 두려움이 서려 있었고, 몸은 경직된 채였다.

"뭐야, 이거 술 냄새 아니냐? 이 새끼들이, 좋게 봐주니까 진짜…"

 조대식의 손은 거침없이 부하들의 뺨을 향했고, 내리칠 때마다 부하들은 움찔하며 고통스러워했다. 조대식의 얼굴은 분노로 일그러졌고, 그의 목소리는 창고 안을 가득 채우며 메아리쳤다. 부하들은 눈을 감고 고개를 숙인 채, 그저 조대식의 분노가 지나가기만을 기다렸다. 그들의 몸짓 하나하나에는 두려움이 가득 배 있었다. 그때 조대식의 눈에 열린 집무실 문이 들어왔다. 그의 눈빛이 순간적으로 날카로워지며 분노가 폭발했다. 집무실로 천천히 다가가더니 부하들에게 물었다.

 "뭐야, 여기 문은 왜 열려 있는 거야? 누가 들어간 거야!!!"

 "저희는 들어간 적 없습니다!"

 부하들은 서로를 바라보며 눈빛을 주고받은 후 답했다.

 "이 씨발! 그럼 누가 온 거 아니야? 다들 당장 확인해! 주변 다 뒤져!"

 조대식은 부하들을 노려보며 다급하게 소리쳤다. 부하들은 놀란 표정으로 허둥지둥 움직이기 시작했다. 창고 내부와 주변을 뒤지며 누군가 있었는지 확인하려고 했고, 창고의 공기는 더 차갑고 살벌해졌다. 조대식은 더욱 분노한 얼굴로 집무실 쪽으로 걸어갔다. 그의 눈은 의심과 분노로 불타고 있었고, 무언가 발견할 때까지 멈출 기색이 없어 보였다. 조대식은 재빨리 인질들이 잘 있는지 확인했다. 병찬과 희성은 숨을 죽였다. 긴장감은 창고 안의 공기를 얼어붙게 했다. 작은 소리 하나에도 온 신경이 곤두섰고, 창고를 벗어나기 위해 시선을 끊임없이 움직였다. 조대식은 열려 있는 집무실 안으로 들어가 안을 살폈다. 그의 눈빛에는 긴장과 의심이 가득 차 있었고, 작은 흔적이라도 놓치지 않으려는 듯 예리하게 주위를 둘러봤다.

병찬과 희성은 조대식 일당에게 발각되지 않기 위해 서로 눈빛으로 신호를 주고받으며 숨을 죽였다. 한순간의 움직임도 조심스러웠고, 손끝까지 긴장이 묻어 있었다. 조대식이 집무실을 나오며 문고리를 잡고 확인하는 모습을 본 병찬의 심장 박동은 더 빨라졌다.

"야! 다들 집합!"

조대식이 부하들을 불러 모으며 외쳤다.

"급히 나가느라 내가 문을 안 닫고 갔나?"

"잘 모르겠습니다!"

부하들은 서로의 얼굴을 바라보며 답했다. 한 부하가 말했다.

"가끔 문을 열어두실 때가 있었던 것 같습니다."

"에이, 씨발. 하여튼 진승일 그 새끼만 오면 정신을 못 차리겠단 말이지."

조대식은 민망함을 감추려는 듯 고함쳤다.

"너희들, 내 집무실에는 얼씬도 하지 마라. 알겠냐?"

"예!!"

부하들은 일제히 대답했다.

병찬과 희성은 가슴을 쓸어내렸다. 병찬은 한참 멈춰 있던 숨을 크게 내쉬며 땀으로 젖은 손을 닦았다. 조대식은 다시 집무실로 들어가 위스키 한 병을 들고나왔다.

"진승일이 오늘 술자리에서 마시라고 좋은 술을 챙겨줬는데, 놓고 갈 순 없지."

그는 차를 타고 나가며 부하들에게 경고했다.

"야, 정신 차려라. 또 그러면 진짜 뒈진다."

"예, 알겠습니다. 조심해서 다녀오십시오!"

조대식은 다른 술자리로 가는 듯 보였다. 부하들은 조대식의 차가 시야에서 사라질 때까지 제자리에 서 있었다. 차가 완전히 보이지 않게 되자 곧장 긴장이 풀렸다.

"아, 진짜. 조 사장 마음에 안 들어."

한 부하가 짜증 섞인 목소리로 말했다. 다른 부하는 술을 마시자고 했던 동료를 노려보며 핀잔을 줬다.

"너 때문에 괜히 한 소리 들었잖아. 정신 좀 차려, 임마."

그러자 또 다른 부하가 고개를 흔들며 말했다.

"야, 두 번은 안 오겠지. 까놓은 건 다 비워야지, 안 그러냐?"

"이번엔 긴장을 하면서 마시자. 또 들이닥치면 바로 튀어나오는 걸로."

부하 중 가장 큰 형이 걱정스러운 표정을 지으며 말했다.

"그래도 혹시 모르니까 주변 순찰 한 번 돌고 마시자."

"에이, 형님. 괜히 안 하던 짓 하면 형님한테 오던 복도 달아나요. 이젠 별일 없을 테니까 걱정 마시고 그냥 드십시다."

부하 중 가장 큰 형은 고개를 저었다.

"안 돼! 그러다 조 사장 돌아오면 우리 다 죽어. 대신 교대로 하자. 한 명은 지키고 두 명은 마시고."

"그럼, 누가 먼저 보초 서요?"

"당연히 막내인 네가 해야. 똥물도 위아래가 있는 법이야."

"쳇, 이럴 때만 맨날 막내부터 시키고…."

결국 말다툼 끝에 순번이 정해졌다. 막내가 먼저 창고 중앙을 지키고, 두 시간마다 교대하기로 한 것이다. 두 사람은 장구류를 벗으며 휴게실로 들어갔고, 곧 술병 부딪히는 소리와 술에 취한 웃음소리가 새어 나왔다. 병찬이 낮은 목소리로 내뱉었다.

"하아… 저렇게 지키고 있으면 집무실엔 못 들어가."

희성이 잠시 생각에 잠겼다가 귀에 대고 속삭였다.

"밖에 준혁 씨 있잖아요. 차로 밖에서 소란 피워서 애들 끌어내면 어떨까요?"

병찬이 고개를 끄덕이자, 희성은 곧바로 준혁에게 문자를 보냈다. 몇 분 뒤, 창고 철문 틈으로 강한 헤드라이트가 스며들었다. 곧 굵은 배기음이 철판을 울렸다. 급가속, 급정차로 바퀴가 자갈을 긁어내는 소리가 창고에 들어왔다. 보초를 서던 막내가 고개를 번쩍 들었다.

"에이 씨, 조 사장 돌아온 거 아냐?"

막내 부하는 허겁지겁 휴게실 앞으로 다가가 문을 두드렸다.

"얼른 나오세요! 빨리!"

그리고 곧장 출입문 쪽으로 뛰어갔다. 휴게실에서 술을 마시던 두 부하도 장비를 대충 챙긴 채 비틀거리며 뛰쳐나왔다.

바깥에선 준혁이 차에서 헤드라이트를 켜고 그 모습을 지켜보고 있었다. '부하가 세 명이라 했으니, 전원 끌어낼 때까지 유인해야 해.' 첫 번째 부하가 차에 바짝 다가오자, 준혁은 엑셀을 밟아 창고 주변을 한 바퀴 돌기 시작했다. 한 바퀴를 채 끝낼 즈음, 다른 2명도 헐레벌떡 달려 나와 차를 뒤쫓기 시작했다. 준혁은 속도를 조절하며 부하들을 창고에서 최대한 멀어지게끔 유도했다. 1분쯤 지나자, 끝까지 따라오던 첫 번째 부하가 결국 속도를 늦췄다. '이 정도면 충분히 시간을 벌었겠지.' 준혁은 가속 페달을 밟아 부하들의 시야에서 사라졌다.

부하들이 모두 밖으로 나간 덕분에 병찬과 희성에게 다시 기회가 생겼다. 두 사람은 재빨리 조대식의 집무실로 다가갔다. 분리해 둔 PC 본체를 들고나오려 문을 돌렸지만, 손잡이는 꿈쩍도 하지 않았다.

"젠장… 문을 잠갔네."

병찬이 손잡이를 여러 번 흔들었지만, 소리만 요란했을 뿐이다. 조대식이 나갈 때 문을 잠가 놓고 갔던 것이다. 병찬은 심장이 철렁 내려앉는 느낌이 들었다. 지켜보던 희성 역시 손잡이를 돌려봤지만, 잠긴 문은 꿈쩍도 하지 않았다. 희성 또한 절망감이 밀려오는 것을 느꼈다. 희성도 당황했지만, 곧

바닥에 떨어져 있는 녹슨 철사 한 가닥을 발견했다. 그는 철사를 집어 들고 조심스레 문고리에 끼웠다. 병찬은 주위를 살피며 초조하게 숨을 골랐다. 약 2분 후, '딸깍!' 소리와 함께 문이 열렸다. 희성은 땀에 흠뻑 젖어 있었다. 그들은 재빨리 집무실 안으로 들어가 PC 본체를 챙겼다. 앞문 쪽은 부하들이 있을 수 있었기에 위험했다. 병찬은 희성에게 뒷문으로 빠지자고 수신호를 보냈고 희성은 고개를 끄덕였다. 병찬은 먼저 앞장서 조심스레 이동했고, 희성이 PC 본체를 들고 뒤따랐다. 다행히 밖으로 나갔던 부하들은 아직 돌아오지 않았다. 두 사람은 재빨리 뒷문으로 빠져나왔다. 심장이 폭발할 듯 빠르게 뛰고 있었다.

잠시 후, 병찬과 희성은 재빨리 이동해 대기하고 있던 준혁과 합류했다. 대기하고 있던 준혁과 합류했다. 그때까지 그들은 단 한 순간도 마음을 놓지 않았다. 차에 도착한 그들의 손은 떨리고 있었고, 입안은 바싹 말라 있었다. 병찬이 안도의 한숨을 내쉬며 준혁과 희성을 바라보았다. 세 사람의 얼굴엔 긴장과 해방감이 뒤섞여 있었다. 잠시 숨을 고른 뒤, 확보한 PC 본체를 확인했다. 희성이 본체를 들여다보며 말했다.

"여기엔 분명 중요한 단서가 있을 겁니다. 빨리 돌아가서 하드에서 뭔가를 찾아야 해요. 조대식과 재단의 비밀, 그리고 차혁진 딸에 대한 단서까지."

병찬이 고개를 끄덕이며 말했다.

"조대식이 본체가 없어진 걸 알면 일이 복잡해질 테니. 돌아오기 전에 정보를 빼내서 다시 제자리에 놔야 해."

준혁이 말했다.

"다시 여기로 돌아와야 하는군요. 최대한 빨리 움직입시다. 다들 너무 고생 많으셨습니다. 저도 계속 함께하겠습니다."

한편, 창고 쪽에서는 조대식의 부하들이 실랑이를 벌이고 있었다.

"이거 사장님께 보고해야 하는 거 아니에요? 창고 앞까지 침입자가 왔잖아요."

"야, 미쳤어? 그런 소리 했다가 우린 다 죽어!"

비상 상황에 술은 깼지만, 얼굴빛은 여전히 붉었기에 누가 봐도 술에 취한 사람 같았다.

"그래, 조 사장 성격 모르냐? 오늘은 그냥 덮자. 창고 안으로 들어온 것도 아니잖아. 길 잘못 든 사람이 지나간 거야."

막내가 불안한 듯 물었다.

"만약 들키면요? 일 더 커지는 거 아니에요?"

"아니… 지금 이 상황을 알게 되는 것만으로도 조 사장이 알면 우릴 죽일 거야. 이 일을 걸려서 죽느냐, 보고해서 무조건 죽느냐, 그 차이뿐이야. 보고 안 하면 조 사장이 모를 수 있고 그럼 우린 살 수 있다."

결국 그들은 상황을 보고하지 않기로 하고, 다시 경계를 서기로 했다.

병찬과 희성은 돌아가던 길 중간에서 준혁을 내려준 뒤, 다시 만나기로 하고 차를 돌려 경찰서로 향했다. 차 안에서 병찬이 초조하게 말했다.

"우리가 빨리 끝내서 조대식보다 먼저 돌려놔야 해. 서두르자. 디지털포렌식팀으로 바로 가."

희성이 고개를 끄덕였다.

"맞아요. 발각되기 전에 끝내야 합니다. 걸리면… 더 이상 우리 힘으론 역부족이에요."

그의 목소리엔 긴장과 초조함이 가득했다.

경찰서에 도착하자마자 두 사람은 관련 부서로 달려가 하드 복사를 요청했다. 당직 직원은 피곤한 얼굴로 고개를 들었다. 희성이 간결히 말했다.

"죄송합니다. 급한 건이라 부탁드립니다."

직원은 쌓여 있는 휴대폰과 PC를 가리키며 한숨을 쉬었다.

"압수물이 몰려서 업무가 마비 상태예요. 현재 상황에서는 도움 드리기 어렵습니다."

병찬이 끼어들었다.

"이건 새벽 전에 끝내야 합니다. 우선 처리 부탁드립니다."

직원이 피곤한 투로 대답했다.

"도와드리고 싶어도 몸이 하나뿐이라서요. 순서를 기다리시죠."

희성이 다시 고개 숙여 부탁했다.

"정말 급합니다. 제발 어떻게 안될까요?"

직원이 쌓여 있는 작업물들을 가리키며 말했다.

"영장 없이 가져온 것 같은데, 우선순위로 처리하려면 근거 자료를 주셔야 합니다. 그렇지 않으면 서로 곤란해요."

병찬과 희성은 더 말을 잇지 못했다. 지금은 시간과의 싸움이었다. 조대식이 창고로 돌아오기 전까지 모든 작업을 끝내지 못하면, 지금까지의 노력이 모두 물거품이 되는 상황이었다.

13화

담당자의 비협조적인 태도로 고민에 빠진 희성은 고민하다가 병찬을 바라보며 말했다.

"윗선을 통해서 요청해 보는 것은 어떨까요?"

"아냐, 그러면 일이 커질 거야."

병찬은 조용하고 단호하게 답했다.

"아니, 형님. 이 상태로 가면 우리가 감당을 못해요. 형님답지 않게 진짜 왜 그러시는 거예요?"

희성은 답답한 표정을 지으며 병찬에게 따지듯 말했다. 희성의 말에 병찬은 더 이상 말을 하지 않고 고민에 빠졌다. 잠시 후 희성에게 물었다.

"혹시 흥신소 하던 피라미 놈 아직 있나?"

"예? 불법적으로 하자고요?"

희성은 놀란 눈을 하며 물었다.

"지금 그것밖에 방법이 없다. 지금은 시간 싸움이야."

"하아… 연락해 볼게요."

희성은 바로 피라미에게 전화를 걸었다. 잠시 후, 병찬에게 손가락으로 오케이 사인을 줬고, 병찬은 PC를 들고 재빨리 차로 이동했다. 병찬과 희성이 찾아간 곳은 재래시장 깊숙한 곳의 오래된 건물이었다. 건물은 벽돌이 낡고 금이 가 있어, 마치 오랜 시간 동안 사람의 손길이 닿지 않은 듯했다. 창문에는 먼지가 두껍게 쌓여 있어 내부는 어둠 속에 잠긴 것처럼 보였고, 여기서 사람이 산다는 것은 상상조차 어려웠다. 계단을 따라 올라가는 동안 바닥에서는 먼지가 이는 것 같았고 곰팡 냄새가 코를 찔렀다. 어렵게 도착한 곳에는 키가 작고 깡마른 남자가 서 있었다. 그는 헐렁한 옷차림에, 얼굴은 창백하고 피곤한 기색이 역력했다. 그의 수염은 어울리지 않게 듬성듬성 자라 있었고, 팔에 새겨진 문신은 왠지 모르게 가벼워 보이게 했다. 그가 고개를 들었을 때, 눈빛에는 날카로운 경계심과 함께 무언가를 체념한 듯한 냉소가 서려 있었다.

"야, 피라미. 잘 지냈냐?"

희성이 인사했다.

"형사님을 안 보는 게 잘 지내는 건데… 잘 지내긴 글렀습니다. 저 바쁘니까 바로 얘기하시죠. 저것 때문에 오신 거예요?"

피라미는 희성이 들고 있는 PC를 보며 말했다.

"여기 하드 복사만 빨리 하나 해주라."

"해주면요?"

"해주면 뭐?"

"저도 뭘 받는 게 있어야 해드리죠. 해주면 뭐 있는데요?"

"이 새끼가 진짜! 콱! 그냥…"

희성은 피라미를 때리는 시늉을 하며 말했다.

"안 해요. 저도 먹고살기에 바쁘다고요!"

"나중에 한번 봐줄게."

병찬이 끼어들며 말했다.

"진작에 그렇게 나오셨어야지. PC 여기로 올려놔 주세요. 제가 내일까지 해드리면 되죠?"

피라미는 얼굴과는 어울리지 않는 해맑은 미소를 지으며 물었다.

"아니, 지금 지금 당장 해야 해."

"예? 저 지금 뭐 하고 있는 거 안 보여요?"

"뭐? 불법 도박? 아주 경찰 앞에서 대놓고 아주 잘하네. 깜빵 또 가기 싫으면 빨리 해 임마!"

희성은 호통치듯 말했다. 피라미는 마지못해 바로 작업을 시작했다. 그러나 작업은 예상보다 훨씬 길어졌다. 희성은 초조함에 다리를 떨고 있었고, 병찬은 손에 땀이 나서 주먹을 쥐었다 폈다를 반복했고, 가만히 앉아 있는데도 등줄기에는 식은땀이 흘렀다. 작업이 길어질수록 병찬과 희성의 얼굴에는 불안감이 서려 갔다. 같은 시간, 준혁도 집에서 잠 못 이루며 시계를 연신 확인하고 있었다. 그들은 조대식이 언제 돌아올지 모르는 상황에서, PC를 제시간에 돌려놓지 못하면 모든 것이 발각될 위험이 있었다. 초조함과 긴장감이 이들의 마음을 계속 졸여 왔다.

"야 피라미, 빨리 좀 봐. 너 억지로 늦게 하는 거 아니냐? 시간이 없다고!"

희성은 비밀번호를 해독하고 있는 피라미에게 불안한 목소리로 말했다. 그는 다리를 계속 빠르게 떨고 있었고 초조함이 가득했다. 병찬은 피라미의 모니터를 집중해서 바라보며, 입술을 깨물고 있었다.

"아이 씨. 비밀번호가 복잡하게 걸려 있어서 그래요. 조금만 기다려 봐요. 참 거."

피라미는 작업을 계속 이어갔지만, 기약 없이 시간은 계속 지나고 있었다. 새벽 6시가 다 되어 마침내, 복사 작업이 끝났다.

"자, 됐습니다. PC안에 있는 내용 여기 USB로 다 복사했어요."

"그래, 고마워. 기억할게."

병찬이 말했다.

"저, 잠시만요."

피라미가 나가려던 병찬과 희성을 부르며 손에 또 다른 USB 하나를 손에 들고 말했다.

"이건 제 보험용이에요. 약속을 지키지 않으시면, 이 복사본이 어떤 문제를 일으킬지 모릅니다. 잘 판단하세요."

피라미는 비웃으며 위협적인 미소를 지었다. 병찬이 표정을 어그러뜨리며 말했다.

"에이, 더러운 새끼. 하여튼 범죄자랑 뭔 일을 하면 안 된다니까."

피라미는 표정을 무섭게 바꾸며 말했다.

"네? 지금 뭐라고 하셨죠? 사과하시죠? 이병찬 형사님!"

병찬은 잠시 망설였다. 피라미의 경멸 가득한 눈빛에 맞서며 복잡한 감정이 스쳤다. 결국 그는 이를 악물고 답했다.

"미안하다."

피라미는 병찬의 표정을 무시한 채 비꼬듯 말했다.

"별말씀을, 그럼 파이팅."

병찬과 희성은 찝찝한 마음을 뒤로한 채 재빨리 PC를 들고 차로 향했다. 중간에 준혁과 합류한 후 빠르게 조대식의 창고로 이동했다. 날이 밝아 올수록 숨이 막히는 듯한 긴장감에 휩싸였다. 조대식의 창고에서 멀리 떨어진 곳에 다시 주차했다. 다행히 창고 주변에 주차된 차는 보이지 않는 것으로 보아 조대식이 다시 돌아오진 않은 것 같았다. 준혁은 근처에 머물고 병찬과 희성은 조대식의 PC를 들고 서둘러 폐창고로 향했다. 이제는 조대식이 늦게 오길 바랄 수밖에 없었고, 지키는 부하들에게 무슨 일이 생기길 바랄 수밖에 없었다. 그들은 조심스럽게 창고까지 다가갔다. 유리창으로 창고 안을 들여다보니 막내로 보이는 부하가 창고 한가운데 앉아 고개를 숙이고 있었다. 졸음을 이기지 못한 듯 보였다. 병찬은 낮게 속삭였다.

"나머지 둘은 어디에 있을까? 어디에 잠복해 있는 것 아니야?"

병찬의 목소리에는 불안함이 배어 있었고, 눈은 끊임없이 주변을 살피고 있었다. 경계심을 낮추지 않으며 창고 뒷문으로 조심스럽게 들어갔다. 창고 안에서는 부하들의 코 고는 소리가 작게나마 울리고 있었다. 두 명의 부하는 술로 인해 깊게 잠든 듯 보였다. 창고 중앙에서 졸고 있는 부하만 신경 쓰면 되는 상황. 병찬과 희성은 서로 눈빛을 주고받으며 조심스럽게 조대식의 집무실로 향했다. 시간이 촉박했기에 휴게실에서 멀리 떨어진 계단을 통해 2층으로 올라가서 우회하는 것보다는 바로 직진하는 것을 택했다. 병찬과 희성은 종종걸음으로 부하들이 자는 휴게실을 지나쳐 집무실로 향했다. 휴게실 문은 약간만 열려 있었지만, 생각보다 부하들의 코 고는 소리가 커서 걸을 때 나는 소리가 묻히고 있었다.

그들은 조대식의 집무실에 도착했고 잠겨있는 문을 다시 열기 위해 드라이버와 철사로 문을 따기 시작했다. 희성의 손끝은 미세하게 떨렸고, 긴장으로 인해 땀이 얼굴을 타고 흐르고 있었다. 부하가 깨지 않도록 최대한 소리가 나지 않게 문을 열어야만 했다. 그의 숨소리마저 조심스러웠고, 드라이버를 조작하는 손끝의 감각이 더욱 예민해졌다. 병찬도 문을 따는 소음으로 인해 부하들이 깨어나지 않을까 불안해하며 주변을 살폈다. 그들에게 1분 1초가 너무나도 중요했다. 처음 문을 딸 때보다 시간이 더 오래 걸리자 기다리다 못한 병찬이 낮게 속삭였다.

"빨리 빨리, 시간이 별로 없어."

그때 휴게실 쪽에서 금속이 떨어지는 소리가 들렸다.

"땡그랑!"

빈 캔 같은 것이 바닥에 떨어진 것 같았다. 병찬과 희성은 순간적으로 서로의 눈을 마주치며 얼어붙었다. 휴게실에서 나던 코 고는 소리도 멈췄다. 가지고 온 PC 본체를 들어서 몸을 숨기기에는 쉽지 않은 상황. 병찬은 속으로 '제발… 제발 부디 그냥 넘어가라'며 간절히 빌었다. 졸고 있던 부하가 고개만 들면 발각될 수 있는 상황이었다. 1분 정도가 지났을까, 휴게실에서는 다시 코 고는 소리가 나기 시작했고 보초를 서고 있는 부하도 여전히 일어나지 않았다.

"하아… 십 년 감수했네… 이렇게까지 고생하면서 살아야 하나."

병찬은 혼잣말로 중얼거리며 가슴을 쓸어내렸다. '제발, 아무도 깨지 않기를..' 희성은 숨을 가다듬고 마음속으로 간절히 빌며 계속 작업을 이어 나갔다. 마침내, 철컥거리는 소리와 함께 문이 열렸다. 희성은 이마에 맺힌 땀을 닦으며 안도의 숨을 내쉬었다. 병찬과 희성은 재빨리 집무실 안으로 들어갔다. 그들은 가지고 갔던 조대식의 PC 본체를 원래 있던 자리에 놓고 선을 재빨리 연결했다. 그때, '끼이익'. 휴게실 문을 활짝 여는 소리와 함께 부하 중 한 명이 밖으로 나오는 발자국

들렸다. 그리고 창고 한가운데에서 졸고 있는 막내를 향해 뭔가 중얼거리는 소리도 들렸다.

"이 새끼는 바짝 깨어 있을 것이지… 군기 빠져가지고"

병찬과 희성은 재빨리 조대식의 책상 아래로 몸을 숨겼다. 열린 휴게실에서 코 고는 소리는 더 크게 들리기 시작했다.

"아씨. 큰일 났네."

희성이 머리를 감싸 쥐며 자책하며 말했다.

"왜, 그래?"

병찬은 긴장하며 물었다. 희성은 눈으로 문 쪽을 가리키며 말했다.

"문을 안 닫았어요. 큰일이다."

희성의 표정은 일그러졌다. 하지만 문을 닫기엔 이미 늦은 상황이었다. 병찬과 희성은 긴장한 채 숨을 죽이고 집무실 안에 몸을 숨겼고, 부하의 발소리는 점점 가까워졌다. 부하가 조대식의 집무실을 지나갈 때쯤 병찬과 희성은 고개를 완전히 숙였다. 잠시 침묵이 이어졌다. 희성은 마음속으로 주문을 외우듯 양손을 꽉 쥐고 있었다. 희성이 조심스럽게 문 쪽을 바라봤다. 다행히 부하는 조대식의 집무실이 열린 것을 인식하지 못하고 지나친 것 같았다. 재빨리 희성은 문 쪽으로 다가가 고개를 살짝 내밀어 부하가 어디로 이동하는지 확인했다. 부하는 엉기적엉기적 화장실 쪽으로 향했고 곧이어 문을 열고 들어갔다. 희성은 본능적으로 지금 이 타이밍이 창고를 안전하게 빠져나갈 수 있는 마지막 기회라는 것을 느꼈다. 부하가 화장실에서 나오기 전에 모든 것을 마치고 창고 밖까지 나가야 했다.

"지금입니다!"

마치 표정만 봐도 알아들을 수 있을 것처럼 표정을 크게 하면서 목소리는 작게 말했다. 병찬과 희성은 조대식의 PC가 잘 연결되었는지 확인하고 재빨리 문을 닫은 후 창고 뒷문을 향해 조심스럽게 뛰었다. 아직 부하들에게 걸리지 않기를 마음속으로 기도하며 빠르게 뛰어 창고 밖으로 나갔다. 긴장된 순간들이었지만, 그들은 들키지 않고 간신히 모든 것을 제자리로 돌려놓는 데 성공했다. 그걸 바라본 준혁은 안도의 한숨을 내쉬며 그들을 맞이했다.

"아! 우리 하나만 더 하고 가시죠."

희성이 가다가 멈추고 말했다.

"뭘 더해? 지금 시간 없어. 빨리 여기 빠져나가야 된다고."

병찬이 희성을 재촉하며 말했다.

"저기 인질들… 사진이라도 찍어와야겠어요."

희성이 다시 뒤돌아서려 하자 병찬이 희성을 붙잡으며 말했다.

"아까 부하 한 명 일어났던 거 몰라? 지금 들어가면 다 물거품이야. 우리가 두 눈으로 직접 확인했으니, 그리고 조대식의 PC에서도 뭐가 나올 테니까 그냥 가자고."

병찬과 희성은 신속하고 조심스럽게 차로 이동했다. 창고에서 멀리 떨어진 곳에 세워둔 차로 가는 길은 길고도 긴장된 순간의 연속이었다.

"아! 맞다!!!"

차에 도착해 시동을 걸고 도로를 빠져나오던 중 희성이 갑자기 놀라며 소리쳤다.

"뭐! 임마! 뭐야 뭐!!"

희성의 놀라는 소리에 병찬은 더 놀라며 소리쳤다.

"집무실 문을 안 잠갔어요. 아쒸!"

희성은 머리를 감싸 쥐며 자책했다.

"하아… 지난번에는 문을 열어놓고 나왔는데 이젠 문을 안 잠갔구나. 뭐 어쩔 수 없지. 조대식이 문 잠갔던 기억이 없길 바라야지."

그렇게 차로 3분 정도 이동했을까. 멀리서 차량 한 대가 다가오고 있었다. 아뿔싸! 조대식의 차량이었다.

"제길… 조금만 더 빨리 처리했더라면."

병찬이 오른손으로 유리창을 치며 이를 악물며 말했다. 병찬과 희성, 준혁은 당혹감을 감출 수 없었다. 좁은 비포장도로라 속도를 낼 수 없었고 둘 중 차 한 대는 상대방 차가 지나가도록 옆으로 비켜줘야 했다. 희성은 최대한 자연스럽게 차를 몰며 아무 일도 없다는 듯 지나치려 했지만, 조대식의 차는 길을 비켜주지 않고 막아섰다. 그리고는 창문을 열고 고개를 내밀어 의심스럽게 병찬의 차량을 관찰했다. 잠시 후 조대식의 차에서 일행 두 명이 내렸다. 병찬과 희성, 준혁은 뭔가 확실히 잘못되었다고 느꼈다. 병찬은 재빨리 모자를 푹 눌러썼다. 일행 중 한 명이 창문을 두드리며 말했다.

"아저씨들 여기서 뭐 해요. 창문 좀 내려봐요."

운전석에 있는 희성이 창문을 반 정도 열었다.

"왜 그러시죠?"

어색한 미소를 지으며 아무렇지도 않은 듯 말했다. 조대식의 일행은 눈살을 찌푸리며 희성을 노려봤다.

"여기서 뭐 하는 거냐고 묻잖아요!"

그의 목소리에는 분명한 경계와 위협이 담겨 있었다.

14화

"저희는 여기 땅 보러 왔어요."

준혁이 긴장감을 억누르며 침착하게 말했다. 그의 목소리는 평정심을 유지하려 했지만, 손은 은근히 떨리고 있었다. 그의 심장 소리는 귀에 울릴 정도로 크게 느껴졌고, 숨도 조심스레 내쉬었다.

"여기 땅을 왜 보러 와요?"

부하는 여전히 의심을 풀지 않은 채 물었다. 그의 눈빛은 의심과 경계심으로 가득 차 있었고, 그들을 뚫어져라 쳐다보았다. 준혁은 그의 눈빛을 마주하자 재빨리 머리를 굴렸고 차분하게 말을 이어갔다.

"아직 모르시나 보구나. 저기 땅이 투자 가치가 있는지 보려고요. 여기에 곧 도로가 뚫린다는 소문이 돌고 있어요. 그것 좀 조사해 보려고 왔어요."

준혁은 재치 있게 둘러댔고, 자신감 있는 미소도 더했다.

그 미소 뒤에서는 떨리는 손끝을 감추려고 애쓰고 있었다. 부하는 여전히 의심스러운 표정이었다. 그는 잠시 준혁을 바라보다가 차로 돌아가 뒤에 앉아 있는 누군가에게 상황을 보고했다. 바로 조대식이었다. 부하의 얘기를 듣던 조대식이 차에서 내려 그들에게 다가왔다. 그는 누가 봐도 숙취가 가시지 않은 듯한 얼굴이었다. 가까이 다가온 그의 얼굴에는 비틀린 웃음이 묻어 있었고, 입에서 술 냄새가 진하게 풍겼다.

"아이고, 형님들. 그게 무슨 말인가요? 여기에 도로가 뚫린다고요? 이거 반가운 소식이네."

조대식은 웃으며 말했지만, 그의 눈빛에는 의심이 서려 있었다.

"그런데 그 정보는 어디서 난 거예요?"

질문에는 호기심과 의심이 묻어나 있었고, 그의 눈이 그들의 모든 움직임을 예리하게 살피고 있었다. 준혁은 대답하기 전에 잠시 숨을 고르며, 최대한 태연하게 말했다.

"여기 땅 가지신 분들은 대부분 알고 있는 얘기라던데… 혹시 모르시나요?"

준혁은 뻔뻔하게 계속해서 연기를 이어갔다. 그의 내면에서는 긴장감이 극에 달하고 있었지만, 외면으로는 여전히 여유 있는 모습을 유지하려 애썼다. 조대식은 눈썹을 찌푸렸다가 이내 웃으며 대꾸했다.

"그래요? 처음 듣는 얘기라… 좀 아는 것 있으면 알려주세요."

조대식은 큰돈을 만질 수 있다는 기대감에 기분이 좋아진 것 같았다. 준혁은 기회를 놓치지 않고 거짓된 자신감으로 덧붙였다.

"에이, 그것도 몰라요? 알 사람은 다 아는 정보인데요 뭐. 서울 부자들 사이에서도 조금씩 소문이 나고 있는 것 같아요. 그거 아시죠? 진짜 부자들한테 도는 소문은 일반인은 잘 모르는 거."

준혁은 일부러 자극적인 말투로 이야기를 했다. 그렇게 함으로써 조대식의 관심을 더욱 끌어내려는 것이었다.

"아하하하! 그렇죠. 좋은 정보 있으면 교환하시죠. 생긴 건 이래도 저도 나름 부자의 반열에 들어갑니다."

조대식은 웃으며 자신의 명함을 꺼내 내밀었다. 명함에는 '희망인력 사장 조대식'이라고 적혀있었다.

조대식은 그들을 보며 말했다.

"명함 하나 주시죠."

조대식의 예상치 못한 요구에 세 사람은 당황했다. 명함을 주면 그들의 정체가 드러날 터였다. 세 명 모두 어색하게 명함을 찾는 척하다가 준혁이 얼버무리며 말했다.

"저희가 급하게 오느라 명함을 안 가져왔네요."

그 순간, 조대식의 표정이 미묘하게 어두워졌다. 누가 봐도 의심스러운 상황이었다. 조대식의 눈은 더 날카로워졌고, 긴장감이 더욱 팽팽하게 감돌았다. 병찬과 희성은 서로 눈빛을 주고받으며 준혁의 대처를 믿고 기다렸다. 그러나 이내 조대식은 다시 입꼬리를 올리며 말했다.

"이 사람들이… 역시 입이 무거우신 분들이네. 아하하하. 나 입 무거운 사람이니까 나한테만 정보를 좀 공유해주세요. 이 정보가 맞는다면 제가 확실히 보답해 드리죠. 제가 뭘 해 드리면 되겠습니까?"

병찬과 희성, 준혁은 가슴을 쓸어내렸다. 여기서 대응을 잘못하면 모든 것이 수포가 될 수 있었다. 그들은 지금 가장 중요한 순간에 서 있었다.

"그럼, 제가 한 번 연락을 드리죠. 혹시 여기 땅이 있으신가요?"

준혁이 여전히 뻔뻔하게 물었다. 그의 목소리는 떨리지 않았지만, 그의 마음속에서는 엄청난 긴장감이 흐르고 있었다.

"그럼요. 저기 안쪽에 큰 땅을 가지고 있습니다."

조대식은 폐창고 방향을 가리키며 말했다. 준혁은 손가락이 가리키는 곳을 바라보고는 천연덕스럽게 말했다.

"오. 조만간 좋은 소식 들으실 수 있겠는데요?"

"아하하하!"

조대식은 기분 좋게 크게 웃었다. 그의 웃음소리는 술기운에 약간 비틀린 듯 들렸다. 조대식은 포기하지 않고 연락처라도 달라고 했다.

"근데요, 초면에 이런 말 하기는 좀 그렇지만… 제가 당신들이 연락처를 안 알려줘도 아는 방법이 다 있습니다. 직접 알려주실래요? 아니면 저희가 따로 알아볼까요?"

조대식의 눈빛이 한층 더 날카로워졌으며, 목소리에는 위협이 서려 있었다, 준혁은 갈등하며 입술을 깨물다가 종이에 연락처를 적으며 말했다.

"제 연락처입니다. 아직은 소문이지만, 더 구체화된 정보가 돌면 연락드리지요."

그 순간 그의 심장은 터질 듯이 뛰었고, 손끝도 떨리고 있었지만 최대한 침착하게 말하려 노력했다. 조대식은 웃으며 말했다.

"그럼, 제가 조만간 전화 드리리다. 좋은 것은 함께 나눠야 더 좋다잖아요. 그죠? 좋은 건 좀 나눠 먹읍시다."

그의 웃음에는 여전히 의심과 경계가 묻어 있었다.

"네, 인연이 되면 또 뵙겠습니다."

준혁이 인사했고, 조대식 일행은 차를 지나갈 수 있게 갓길로 차를 빼주었다. 조대식은 지나가라고 손짓하며 말했다. 세 명 모두 멋쩍은 인사를 하며 조대식을 지나쳤다. 차가 조대식의 시야에서 벗어나자마자, 세 명의 얼굴은 창백해졌고 등에는 땀이 흥건했다. 희성은 핸들을 잡고 있던 손을 풀며 한숨을 내쉬었다.

"이번에는 진짜 위험했어요…"

희성이 한숨을 내쉬며 말했다. 그의 손도 미세하게 떨리고 있었다.

"맞아, 그런데 지금은 이렇게 넘겼지만, 조대식이 조만간 눈치챌 것 같은데…"

병찬이 굳은 표정으로 말했다. 그들은 모두 본능적으로 느꼈다. 조대식이 결국 이 상황을 눈치챌 것이라는 것을. 차 안의 긴장감은 여전히 가라앉지 않고 침묵이 이어졌다. 그러한 침묵 속에서 각자의 생각을 정리하며 도로를 달렸다. 희성은 핸들을 꽉 잡으며 말했다.

"지금 바로 경찰서로 가서 확보한 자료를 분석하죠. 시간이 우리 편은 아니니까 최대한 빨리 행동에 옮겨야 해요."

경찰서에 도착하자마자 확보한 자료를 분석하기 위해 담당자에게 조대식의 PC에서 복사한 USB를 넘겼다. 상황이 어느정도 정리되자, 준혁은 장 박사의 집무실에 볼 일이 있다며 자리를 떠났다. 병찬은 자신의 자리에 앉아 분석 결과가 나오기를 기다리며 초조하게 시계를 쳐다보았다. 희성은 옆에서 차혁진이 제공한 정보를 추가적으로 확인하고 있었다. 두 사람 모두 심장이 조여 오는 듯한 긴장감 속에 있었다. 2시간가량 지났을까, 담당자에게 연락이 왔다.

"다 마쳤습니다. 꽤 중요한 내용들이 많이 나온 것 같네요. 지금 오실 수 있으신가요?"

병찬과 희성은 재빨리 담당자를 찾아갔다. 담당자가 암호를 푼 자료가 든 USB를 전달하며 말했다.

"여기 중요한 자료들이 나온 것 같네요. 이 자료 중 일부는 조대식이 희망재단과의 거래를 기록해 둔 것입니다. 이 안에는 거래 내역, 인물들의 명단, 그리고 그들이 수행한 불법적인 활동들이 상세히 기록된 것 같습니다."

병찬과 희성은 담당자에게 감사의 말을 전하고 재빨리 그 자료를 받아 자리로 돌아왔고, 희성은 자료를 분석하기 시작했다. 조대식의 PC에서 나온 증거자료는 희망재단이 외부에 알려진 선행을 하는 비영리기업이 아닌 불법을 일삼는 이익집단이라는 것을 명백히 보여주고 있었다. 병찬과 희성은 자료를 더 깊게 조사하기 시작했다. 희망재단은 조대식과 다른 일당들에게 현금을 받고 사람들을 팔아왔다. 피해자들은 대부분 재단의 마약 및 도박 치료 프로그램에 참여했던 사람들이었다. 이들에게는 마약이나 도박 중독 치료는커녕 더 깊은 중독에 빠지게 만들어 희망재단의 노예로 전락시키는 수순이었다. 재단은 이들을 극한까지 몰아붙인 후, 더 이상 이용 가치가 없다고 판단되면 조대식과 같은 잔인한 일당에게 넘겨 버렸다. 일당들은 재단에 준 돈 이상의 이익을 뽑아내기 위해 피해자들을 장기매매, 무임금 노동, 인신매매 등으로 착취하고 끝내 버렸다. 희망재단의 숨겨진 얼굴 뒤에는 썩어빠진 진실이 감춰져 있었다. 조대식의 PC에는 희망재단과의 거래내역 외에도 수많은 피해 여성을 대상으로 한 강제 촬영 사진들과 영상, 협박 자료들이 포함되어 있었다. 심지어 피해자들의 프로필을 만들어 더 비싼 값에 팔기 위한 내역까지 상세히 기록되어 있었다.

병찬은 자료를 보며 잠시 생각에 잠겼다. 그동안 희망재단에 대한 여러 의혹이 있었지만, 이렇게 구체적인 증거를 손에 쥔 것은 이번이 처음이었다. 눈으로 직접 이런 내용을 확인하자 그의 마음 한편에서는 희망재단과의 관계로 인해 큰 불안감이 일고 있었다. 희성이 병찬을 보며 말했다.

"차혁진의 진술과 조대식의 PC에서 나온 자료가 거의 일치하네요. 희망재단이 불법적인 일을 해왔던 것은 사실인 것 같습니다."

그의 목소리에는 안도와 동시에 경계심이 섞여 있었다.

"어라? 잠깐만 여기 보세요!"

희성이 놀라며 말했다. 병찬이 화면을 보자 희성이 말을 이어갔다.

"진승일과 조대식의 거래 중 차혁진의 딸 이름도 보이는데요? 이거 진승일이 차혁진의 딸을 넘긴 것 아니에요?"

차혁진의 아내와 딸인 차수연도 이 더러운 거래 내역에 포함되어 있었다. 다른 피해자들과 달리 차수연은 희망재단과 직접적인 연관은 없었지만, 차혁진의 딸이라는 이유만으로 그 잔혹한 대상이 되어 고통을 겪은 것처럼 보였다.

"…"

병찬의 머릿속은 혼란스러워졌고 진승일에게 큰 배신감을 느꼈다. 희성이 말했다.

"이거 보세요. 차혁진의 딸이 희망재단에 의해 이용당했어요. 정확히 말하면 진승일에게 이용당했어요. 그녀도 피해자였던 거예요. 차혁진이 왜 그렇게 절망적인 복수를 계획했는지 이제야 이해가 가네요."

희성은 확신에 차듯 말을 이었다.

"맞네요. 차혁진은 준혁의 부모님이 자신의 아내와 딸을 그렇게 했다고 믿고 살인까지 저질렀는데, 그 뒤에는 진승일이 있었네요. 이거 다 진승일이 만든 판 같은데요?"

장부에는 차혁진의 딸 차수연이 프랑스 몽마르트로 3천만 원에 팔려갔다는 내역도 확인되었다. 병찬은 화면을 들여다보며 눈살을 찌푸렸다. 희성은 곧바로 프랑스 경찰에 협조 요청을 했다. 이런 진실을 알게 된 이상, 차혁진의 딸을 구해야 했고, 자료에 나온 다른 피해자들도 구출해야 할 필요가 있었다.

"형님, 이거 판이 너무 큽니다. 이제는 공조 요청해야 하는 것 아닐까요? 우리 힘으로는 이들을 감당하기엔 너무 벅찰 것 같아요."

병찬은 잠시 침묵하며 복잡한 감정을 억누르려 했다. 그의 머릿속에는 진승일과의 관계, 자신의 안전, 그리고 피해자들을 구해야 한다는 의무감이 서로 부딪치고 있었다. 병찬은 심각한 표정으로 한참을 말없이 고민하다가 답했다.

"글쎄다… 나는 차혁진과 조대식이 짜고 치는 고스톱을 치는 게 아닐까 하는 생각이 든다."

"예? 그건 무슨 의미예요?"

희성은 이해할 수 없다는 듯 물었다. 그의 표정에는 혼란과 당혹감이 서려 있었다. 병찬은 입술을 굳게 다물고 잠시 침묵했다.

"지금은 때가 아니야. 더 신중하게, 더 많은 정보를 수집해 보자고. 그래야 우리가 확실히 치고 나갈 수 있어."

그리고 연이어 말했다.

"만약 차혁진과 조대식이 미리 이런 상황을 예상하고, 우리를 속이기 위해 자료를 준비해 두었다면? 우리는 그들의 의도대로 움직이는 셈이야."

병찬의 대답에는 의구심이 서려 있었지만, 평소와 달리 자신감이 없는 듯 보였다. 희성은 잠시 생각에 잠겼다.

"그렇다면… 조대식이 일부러 PC를 가져가도록 빈틈을 준 거라고요?"

희성은 여전히 의문을 풀지 못한 채 되물었다. 그의 목소리에는 불안과 의혹이 가득했다. 병찬은 고개를 끄덕이며 확신 없이 말했다.

"그럴 가능성도 있을 것 같아. 우리가 지금 본 자료가 조작된 것이라면, 그들은 우리보다 몇 수 앞서 있는 거지. 우리가 가진 정보가 진실인지 거짓인지 확신할 수 없는 상황에서 움직이는 건 위험해."

희성은 걱정스러운 표정으로 물었다.

"형님, 그때 조대식 눈빛 못 보셨어요? 분명 우리가 누군지 금방 눈치챌 겁니다. 시간이 많지 않아요. 형님답지 않게 왜 그러시는 거예요?"

병찬은 깊은숨을 내쉬며 희성을 바라봤다.

"나도 생각이 있으니까 조금만 더 기다려 봐. 지금은 때가 아니야. 우리가 너무 성급하게 움직이면 오히려 일을 망칠 수 있어."

희성은 여전히 불안한 얼굴로 말했다.

"아니요, 형님. 시간이 많지 않다니까요?"

병찬은 희성을 바라보며 갑자기 화를 냈다.

"아이씨! 조금만 기다리라고! 내가 몇 번을 말해야 하냐? 지금은 때가 아니라니까!!!"

희성은 어이없다는 표정을 지으며 말했다.

"갑자기 왜 화를 내고 그러세요. 참나. 어이가 없네. 형님 마음대로 해보세요."

희성은 불편한 기색을 감추지 않고 자리를 박차고 나갔다. 희성은 이해할 수 없었다. 조대식의 창고까지 가서 어렵게 확보한 자료, 차혁진의 증언, 준혁의 부모 집에서 나온 장부까지 확인한 후에도 변하지 않는 병찬의 모습을 희성은 받아들이기 힘들었다. 그 순간, 희성은 불현듯 한 장면이 머릿속을 스쳐 갔다. 그건 병찬이 얼마 전 희망재단 진승일의 전화를 받았던 장면으로 희성이 '왜?'라는 의문을 가졌었던 상황이었다. 희성의 마음속에는 병찬을 향한 불신의 싹이 빠르게 싹트기 시작했다. 희성은 그가 본 것이 단순한 우연이었기를 바라면서도, 병찬의 진짜 의도를 파악하기 위해 마음속에서 커지는 의혹을 억누를 수 없었다. 병찬은 핸드폰을 만지작거리며 누군가에게 전화를 걸지 말지 망설였다. 핸드폰 화면에 떠 있는 이름은 희망재단의 진승일 이사였다. 병찬은 복도를 왔다 갔다 하며 초조함을 감추지 못했다. 내면의 갈등이 그를 잠식하고 있었다. 진승일에게 받았던 돈이 이제는 자신의 발목을 잡을 수도 있다는 것을 본능적으로 느끼고 있었다. 차혁진의 요구를 들어주면서도 진승일에게 피해가 가지 않도록, 그리고 자신도 이득을 챙길 방법을 고민하기 시작했다. 그러나 더 깊이 파고들수록 자신도 위험에 빠질 수 있다는 사실이 두려웠다.

그날 저녁, 희성은 다시 경찰서로 돌아와 조대식의 PC를 분석하며 차혁진의 진술과 대조하고 있었다. 그런데 의문이 생겼다. 재단 이사장이었던 준혁의 부모와 관련된 내역은 발견되지 않은 것이다. 대부분이 진승일과 차혁진과 관련된 것들이었다. 그리고 차혁진도 진승일 못지않게 잔인한 일을 많이 저질렀다는 것을 알 수 있었다.

'뭐지? 희망재단 이사장도 여기에 개입된 것이 맞을까?'

'혹시라도 차혁진과 진승일에게 지금껏 잘못된 정보를 받아온 것은 아닐까?'

'아니지. 그렇다면 집에서 발견된 현금 30억은 뭘까?'

희성은 희망재단이 불법적인 일을 한 것은 확실했지만, 준혁의 부모가 이를 지시하거나 연관되었다는 증거는 찾지 못했다. 그래서 즉시 병찬에게 이 사실을 공유하고, 준혁에게도 전화를 걸어 이를 전달했다.

"준혁 씨, 조대식의 PC에서 나온 자료들을 분석해 봤는데요. 차혁진의 말처럼 희망재단이 조대식 일당들과 불법적인 일을 한 것은 맞습니다. 하지만 준혁 씨 부모님이 이런 불법적인 일에 개입했던 정황은 발견하지 못했습니다."

준혁은 잠시 말이 없었다. 그리고 씁쓸한 한숨을 내쉬며 말했다.

"희망재단이 불법적인 일을 했다는 건 확실하군요."

준혁은 이어서 질문했다.

"부모님이 개입했던 정황은 정말 없는 건가요?"

"아직까지는 발견하지 못했습니다."

"그렇다면… 차혁진과 진승일이 부모님 눈을 가리고 희망재단을 자신들의 이익을 위해 움직였을 가능성도 있겠네요."

준혁은 부모님이 이런 일에 관여하지 않았기를 바라며 물었다.

"네, 그럴 가능성도 있습니다. 그런데 말이죠."

희성이 찝찝한 듯 말을 이었다.

"준혁 씨 부모님 집에서 발견된 30억. 그에 대한 내역을 찾을 수가 없어요. 깨끗한 돈 같지는 않아서 그것이 마음에 걸리네요."

준혁은 입술을 깨물었다.

"네, 저도 계속 그게 마음에 걸렸습니다. 아직은 확실하게 부모님께서 개입했던 증거는 없는 거죠?"

준혁은 재차 물었다. 그의 목소리에는 간절함이 묻어 있었다. 희성이 답했다.

"네, 아직까지는 확실치 않습니다. 다만, 이 자료가 조작된 것인지 살펴볼 필요는 있을 것 같습니다."

준혁은 눈썹을 찌푸리며 물었다.

"그게 무슨 말이죠?"

희성은 자신 없는 말투로 답했다.

"제 생각은 아닙니다만, 병찬 형사님의 추측 중 하나인데, 차혁진과 조대식이 이런 상황을 예측하고 일부러 조작된 자료를 우리에게 남겨놓았을 수도 있다는 겁니다. 우리가 발견하도록 말이죠."

준혁은 이해하지 못하겠다는 표정을 지으며 고개를 저었다.

"그렇다면 그들도 어떤 의도가 있었을 텐데… 그렇게 하기엔 조대식의 치부가 너무 많이 드러난 것 같은데요. 희망재단의 진승일도 그렇고…"

희성도 고개를 끄덕였다.

"네, 저도 그렇게 생각합니다만, 모든 가능성을 열어둬야 하니까요."

준혁은 잠시 생각에 잠기더니, 한숨을 내쉬며 말했다.

"알겠습니다. 연락해 주셔서 감사합니다."

준혁은 희성에게 고마운 마음을 전하며 통화를 마쳤다. 준혁은 핸드폰을 내려놓으며 깊은 생각에 잠겼다. 모든 퍼즐 조각이 제자리를 찾지 못한 채 흩어져 있는 듯한 느낌이었다.

15화

희성의 전화를 받은 그 시각, 준혁은 장 박사의 연구실에 있었다. 곧 타임머신을 타고 과거로 갈 날이 다가오고 있었기에 실패하지 않기 위한 훈련이 필요했다. 장 박사의 연구원들과 함께 과거로 돌아가서 어떻게 해야 할지 시나리오를 구상하며 여러 변수를 고려해 부모님이 살해된 사건을 막는 방법을 찾고 있었다. 준혁과 장 박사 연구진들이 제안한 시나리오는 여러 가지로 구체화하였다.

첫 번째 방법은 차혁진이 부모님을 발견하지 못하게 하는 것으로, 이 경우 준혁은 특정 시간에 차혁진의 주의를 다른 곳으로 돌리기 위해 다양한 신호를 보내는 역할을 해야 했다. 예를 들어, 작은 물체를 떨어뜨려 소리를 내거나, 차혁진이 반드시 지나야 하는 길목에서 주의를 흩트려뜨리는 등 여러 가지 방해 시나리오가 고려되었다.

두 번째 방법은 누군가 차혁진의 수상한 행동을 발견하게 하는 것으로, 이때 준혁은 차혁진 주변에 있는 사람들에게 작은 신호를 보내 그들의 주의를 끌어야 했다. 예를 들어, 바람을 통해 창문을 흔들어 소리를 내거나, 책상 위에 있는 물건을 떨어트려 사람들이 차혁진의 행동에 의문을 품도록 만드는 방안이었다.

세 번째 방법은 부모님이 먼저 위험을 알아차리고 그 자리를 피하는 것으로, 준혁은 부모님에게 위험이 다가오고 있다는 신호를 보내야 했다. 이를 위해 그는 부모님이 있는 공간에 바람을 일으켜 종이 등을 날리거나, 특정한 물체를 움직여 위험을 직감할 수 있도록 해야 했다.

각 방법마다 수많은 변수가 있었고, 준혁과 연구진들은 그

변수들에 대해 심도 깊게 논의하며 최선의 시나리오를 만들어가고 있었다. 그들은 다양한 각도에서 일어날 수 있는 상황을 시뮬레이션하며, 하나라도 더 완벽한 대처 방안을 마련하기 위해 심혈을 기울였다. 가상의 시뮬레이션 환경 속에서 준혁은 육체가 아닌 영혼처럼 정신만을 과거로 이동시키는 훈련을 받고 있었다. 훈련은 고됐고 몹시 어지러웠다. 그는 상대방의 눈에 보이지도 않고 말소리도 들리지 않는 존재로서, 주변에 작은 바람을 일으키거나 에너지를 집중해 낙엽이 날릴 만한 작은 회오리바람을 일으킬 수 있는 정도의 액션을 할 수 있었다. 더 집중한다면 더 큰 바람을 일으키는 것도 가능했다. 이 능력을 통해 부모님에게 신호를 주거나, 차혁진을 방해해 위기를 모면하게 하는 것이 목표였다.

하지만 준혁은 이 훈련에 온전히 집중할 수 없었다. 그의 머릿속은 온갖 갈등으로 가득 차 있었다. 장 박사가 드러내지 않은 실제 의도가 계속해서 마음에 걸렸고 장 박사를 온전히 믿어야 할지, 장 박사와 함께 일했던 백주영 박사의 말을 전적으로 믿어야 할지 확신할 수 없었다. 그리고 부모님을 살리기로 결심했던 그때는 모든 것이 단순해 보였지만, 지금은 상황이 달랐다. 만약 부모님이 진짜 범죄를 주도한 사람들이라면,

그들을 구하는 것이 과연 옳은 일일까? 부모님이 선의의 피해자인지, 아니면 악행을 저질렀던 가해자인지 알 수 없는 상황이 혼란스러웠다. 그를 지탱하던 모든 가치관이 흔들리며, 올바른 선택이 무엇인지조차 헷갈리기 시작했다. 이러한 내적 갈등과 무게감이 준혁의 집중을 완전히 흩어 놓고 있었다. 준혁은 훈련 중 몇 번이고 실수를 반복했다. 에너지를 제대로 집중하지 못해 신호를 보낼 타이밍을 놓치기 일쑤였고, 중요한 순간마다 실패했다. 장 박사는 준혁의 불안정한 상태를, 눈치를 채고는 우려의 목소리를 냈다. 장 박사는 엄한 어조로 준혁을 바라보며 말했다.

"준혁 씨, 이렇게 해서는 안 됩니다. 마음을 가다듬고 목표에만 집중해야 해요. 과거에서의 시간은 단 한 순간도 허비할 수 없습니다."

그의 표정은 깊은 염려로 가득 차 있었다. 준혁은 고개를 끄덕였지만, 여전히 마음속 혼란은 가라앉지 않았다. 부모님을 살리겠다는 목표와 그들이 정말로 살릴 가치가 있는지에 대한 의심은 그의 결심을 무너뜨리고 있었다. 깊은 한숨을 내쉬며 그는 스스로에게 묻고 또 물었다. '나는 정말 옳은 일을 하고 있는 걸까? 내가 이 선택을 후회하지 않을 수 있을까? 진실은 뭘까? 차혁진을 믿어야 할까, 부모님을 믿어야 할까? 장 박사를 올바로 움직이게 하려면 어떻게 해야 할까?', '지금까지 발견된 증거는 부모님도 범죄자라는 것을 가리키고 있는데 확실치 않다.' '그렇다면 모든 것을 포기하고 과거를 다녀오는 것이 맞는 것일까?' 준혁의 머리는 점점 더 복잡해졌다. 하지만 장 박사는 그런 상황을 모른 채 준혁에게 말했다.

"준혁 씨, 준비가 거의 끝나갑니다. 이제 일주일 후면 부모님을 살릴 수 있습니다. 실수만 하지 않으면 됩니다."

준혁은 확신을 갖기 위해 더 증거를 찾아야 했다. 조대식의 PC에서의 증거와 차혁진의 진술, 뭔가 맞지 않은 부분을 확인할 필요가 있었다.

한편, 조대식은 술에서 깨어난 후 머릿속이 찝찝함으로 가득 차 있었다. 전날 집무실 문을 잠그고 나갔던 것을 분명히 기억하고 있었지만, 전날 중간에 돌아왔을 때 문이 열려 있던 것과 아침에 출근했을 때 문이 잠겨있지 않은 것, 창고 앞에 나 있던 타이어 자국에서 그의 직감은 뭔가 이상하다는 경고를 하고 있었다. 특히, 준혁 일행이 땅을 보러 왔다며 한 말들이 자꾸 떠올랐다. 술기운에 대수롭지 않게 여겼지만, 시간이 지나면서 그들의 행동은 점점 더 의심스럽게 느껴졌다. 조대식은 전날 창고를 지켰던 부하 3명을 모두 불렀다. 그의 머릿속에는 여전히 찜찜함이 가득했고, 그 원인을 반드시 알아내야겠다고 결심했다.

"밤새 이상한 일 없었나? 주변에 누가 왔다 간 사람은 없었고?"

조대식이 묻자, 부하 중 한 명이 대답했다.

"저희가 철통 경계를 섰고, 아무 일도 없었습니다!"

자신 있게 말했다. 전날 술판을 벌이고 곯아떨어진 게 드러나면 본인들 목숨도 장담할 수 없었기 때문이다. 그들의 눈빛은 불안감이 살짝 스쳤지만, 조대식은 아무 말 없이 고개를 끄덕였다. 그러나 그의 마음속 찜찜함은 쉽게 가시지 않았다.

조대식은 손가락으로 책상을 두드리며 깊은 생각에 빠졌다. 갓길에서 마주쳤던 세 사람을 떠올리자, 순간 모자를 푹 눌러쓴 병찬의 모습에서 10여 년 전 희망재단에서 병찬을 보았던 기억이 스쳐 지나갔다.

"하, 씨발… 맞아. 희망재단에서 한번 봤었던 것 같은데… 그런데 그 새끼가 왜 여기를 왔을까?"

'지이잉 지이잉', 그때 책상 위에 올려둔 조대식의 휴대폰에서 문자 메시지 진동이 울렸다. 조대식은 인상을 풀지 않고 문자 메시지를 확인했다.

"조대식 씨, 반갑습니다.
제가 우연히 당신의 불법행위를 모두 알게 되었습니다.
꽤나 큰 잘못을 많이 저질렀더군요.
긴말 안 하겠습니다. 10억에 깔끔하게 기록 삭제해 드리죠.
12시간 드립니다.
여기로 입금하지 않으면 경찰에 모든 정보가 넘어갈 겁니다.
계좌번호 12-49××××-××××××× 김철승
참고로 계좌번호 추적해도 상관없습니다.
헛수고일 테니깐요."

"씨발, 이건 또 뭐야?"

조대식의 표정은 더 일그러졌다. 연이어 조대식의 휴대폰으로 추가적인 메시지가 전송되었다. 그것은 조대식과 희망재단이 거래했던 내역들의 일부와 조대식이 보관하고 있는 불법적인 사진이었다.

"잘 확인하셨죠? 12시간입니다. 잊지 마세요. 서로 좋은 방향으로 잘 해결해 봅시다."

조대식은 고개를 돌려 본인의 PC를 살폈다. 미세하게 틀어진 본체 각도, 희미한 먼지가 일부 닦인 자국, 이런 작은 변화들이 눈에 들어오기 시작했다.

"에이 씨발!!!"

그는 책상을 세게 내리치며 큰 소리로 욕하며 자리에서 일어나 CCTV 모니터실로 향했다. CCTV 화면을 되감아 보는 동안 그의 숨소리는 점점 거칠어졌다. 얼굴은 정확히 보이진 않지만 2명이 들어왔다 나간 흔적은 쉽게 찾을 수 있었다. CCTV 화면을 확대해 침입자의 얼굴을 자세히 들여다보았지만, 멀리서 찍혀있고 해상도가 낮아 누구인지는 정확히 알 수 없었다. 하지만 갓길에서 만났던 세 사람 중 두 사람이라는 것은 본능적으로 알 수 있었다. 조대식의 의심이 확신으로 바뀌는 순간이었다.

"역시, 너희들이었구나…"

조대식은 차갑고 잔혹한 미소를 지었다. 그의 기억은 다시 한 번 빠르게 과거로 흘러갔다. 병찬의 얼굴과 과거 희망재단에서 진승일이 짧게 소개해 줬던 남자의 얼굴이 선명하게 겹쳤다. 동시에 진승일이 소개하면서 했던 말이 떠올랐다.

"여기는 이병찬 형사입니다. 우리 재단 일에 큰 도움을 주고 있어요. 필요하면 이분이 많이 지원할 테니 어려운 일 있으면 말씀만 하세요."

"이병찬 형사… 맞아, 이름이 이병찬이었어."

분노가 치솟으면서 그의 머릿속에 또 다른 인물의 얼굴이 떠올랐다. 희망재단 이사장의 책상에서 우연히 본 적이 있었던 가족사진이 떠올랐다. 동시에 '이사장님 닮지 않아서 좋은 일만 할 것 같이 생겼는데요?' 하면서 과거 이사장과 농담했었던 기억이 스쳐 지나갔다. 조대식의 신경이 곤두섰다.

"그래, 이준혁. 희망재단 이사장 아들은 왜 여기에 왔을까? 희망재단에서 무슨 꿍꿍이를?"

조대식은 혼잣말을 하며 머리를 움켜쥐었다. 모든 퍼즐 조각이 한순간 맞춰지기 시작했고 그의 의심은 진승일을 향하기 시작했다.

"진승일… 이 새끼가 날 가지고 장난치는 것 같은데. 하여튼 뱀 같은 새끼네."

진승일이 자신을 제거하기 위한 판을 꾸몄다는 생각이 머리를 떠나지 않았다. 분노는 전날 창고를 지키고 있던 부하들에게 향했다. 즉시 부하들 전체를 소집시켰고 어제 창고를 지키던 부하 3명을 앞으로 불러세웠다.

"이 무능한 쓰레기 새끼들…"

조대식은 해명할 기회를 주었고, 그 부하들은 조대식의 무서움에 아무 말도 답하지 못했다. 이미 본인들은 죽은 목숨이라는 것을 본능적으로 알았는지 부하 중 한 명은 오줌을 지리기까지 했다.

"야. 애들 정리해. 장기 다치지 않을 정도만 때리고 장기는 다 팔아치워."

부하들은 즉시 달라붙어서 3명을 포박하기 시작했고, 부하 중 한 명이 주사를 한 명 한 명 꽂았다. 잠시 후 부하 3명은 살려달라는 외마디 비명과 함께 의식을 잃었다. 그리고 다른 부하들을 향해 소리쳤다.

"지금 잡아놓은 인질들 빨리 정리해버려."

부하 중 한 명이 우려 섞인 말투로 대답했다.

"예? 프랑스에서 3일 뒤면 오기로 했는데…"

"씨발, 시간이 없어. 그냥 싸게라도 정리해 버려. 그리고 당분간 활동 중지하고 우리가 남긴 흔적들 최대한 깨끗하게 모두 지운다. 그리고 지금 진행되고 있는 일은 최대한 빨리 정리한다. 아이 씨발!! 손해가 커도 최대한 빨리 정리한다."

"예!"

부하들은 신속하게 움직이기 시작했다. 조대식의 눈빛은 이미 분노로 가득 차 있었고, 그의 부하들은 그 명령이 심상치 않음을 알 수 있었다. 부하들은 서둘러 지시에 따르기 위해 흩어졌고, 조대식은 의심을 풀지 않은 눈빛으로 주변을 계속 둘러봤다. 그리고 부하 한 명을 불러 쪽지를 전달해 주었다. 거기엔 아까 협박받았던 문자 메시지의 계좌번호와 발신번호가 적혀있었다.

"이 새끼 최대한 빨리 잡아서 여기로 데려와라."

조대식의 메모를 받은 부하는 신속하게 움직이기 시작했다. 조대식은 혼잣말로 중얼거렸다. '내가 손해 본 것은 어떻게든 진승일한테 받아낸다. 이병찬, 이준혁, 그리고 진승일… 너희가 무슨 실수를 저질렀는지 똑똑히 보게 해주마.'

한편, 병찬과 희성의 갈등은 점점 깊어지고 있었다.

"형님, 시간이 없어요. 더 늦기 전에 공조 요청하시죠. 우리가 감당하기엔 벅찹니다."

희성은 강하게 주장했다. 그의 목소리에는 절박함과 분노가 섞여 있었다.

"아니야, 조금 더 명확해지면 그렇게 하자."

병찬은 희성을 어떻게든 설득하려 했다. 그의 목소리에는 불안한 흔적이 느껴졌고, 희성은 그 작은 변화마저 놓치지 않았다. 두 사람 사이에는 긴장감이 고조되었고, 그 간극은 좁혀지지 않았다. 희성은 예전에 병찬이 진승일과 비밀스럽게 통화하는 것을 목격했던 기억이 계속 떠올랐다. 그때 병찬의 태도는 무언가 감추고 있는 듯 보였고, 그 이후로도 진승일에 대한 조치를 취하지 않는 모습에 대한 의심은 점점 커졌고, 더 이상 기다릴 수 없다는 생각에 이르게 됐다.

"형님, 그러면 제가 먼저 움직이겠습니다. 예전의 그 병찬 형님 어디 간 거예요?"

희성의 말투에는 실망과 분노가 담겨 있었다. 그에게 병찬은 언제나 정의로운 형이었고, 옳은 일을 위해 앞장섰던 사람이었다. 하지만 지금의 병찬은 너무나 달라 보였다. 희성이 독단적으로 수사를 진행하려 하자, 병찬은 그를 붙잡으며 만류했다.

"희성아, 너 혼자 움직이면 위험해. 우리가 같이 해야 해."

병찬의 목소리에는 간절함이 묻어 있었다. 그의 눈빛에는 두려움과 불안감이 깃들어 있었고, 그 두려움은 희성이 병찬에게서 점점 더 멀어지고 있다는 사실 때문이었다. 그러나 희성은 차가운 눈빛으로 병찬을 바라보며 대답했다.

"형님, 예전의 그 병찬 형님이 아닌 것 같아요. 저 형님 믿고 싶은데, 흘러가는 상황이 형님도 믿지 말라고 신호를 주는 것 같아요."

희성의 말은 병찬의 가슴 깊이 박혔다. 그의 마음속에서는 복잡한 감정들이 뒤엉켜 있었다. 병찬은 희성의 결심이 흔들리지 않음을 깨닫고 무거운 마음으로 그를 바라보았다. '어떻게든 막아야 할 것 같은데…' 그는 속으로 되뇌며 불안감을 삼켰다. 희성이 독단적으로 움직이는 것이 큰 위험을 초래할 것 같았지만, 병찬은 더 이상 희성을 통제할 수 없는 상황이었다. 그렇게 희성은 병찬을 내버려둔 채 단독행동을 시작했고, 병찬은 곧바로 어디론가 향했다.

16화

병찬은 어두운 표정으로 진승일이 있는 희망재단 사무실로 향했다. 진승일은 병찬이 들어서자 여유롭게 웃으며 손짓으로 맞은편 의자를 권했다. 병찬은 아무 말 없이 자리에 앉았다. 진승일은 의자에 깊숙이 몸을 기대며, 책상을 손가락으로 천천히 두드렸다.

"그래서 차혁진은… 뭔가 더 나온 게 있습니까?"

"꽤 많은 자료를 확보했습니다만…"

병찬은 잠시 미간을 찌푸리며 말을 이었다.

"차혁진 진술대로 조사하니, 이런 게 나왔습니다."

병찬은 손에 들고 있는 서류봉투를 진승일에게 건넸다. 진승일은 눈빛이 미묘하게 변하며 병찬의 얼굴을 잠시 응시한 뒤 서류봉투를 열었다. 그 안에는 조대식의 PC에서 찾은 희망재단의 비리 자료와 진승일이 차혁진의 아내와 딸을 조대식과 거래한 충격적인 내역이 담겨 있었다. 진승일의 얼굴이 순식간에 싸늘하게 굳었다.

"이야, 형사님… 이거 아주 제대로 일을 하셨네. 근데 이 자료, 어디서 났습니까? 설마 조대식 그 자식이 제보한 건 아니겠죠?"

병찬은 흔들림 없는 눈빛으로 답했다.

"아니요. 저희가 직접 조대식 창고에 잠입해서 빼낸 자료입니다."

"뭐라고요? 조대식 창고에 잠입했어요?"

진승일의 눈빛이 날카롭게 변했다. 그는 잠시 불안한 듯 입술을 깨물더니 병찬에게 물었다.

"에이 씨!"

진승일의 표정은 순식간에 일그러졌다. 본능적으로 조대식과 불편한 상황에 놓여지게 될 것임을 느꼈다.

"그래서… 이 자료를 나한테 보여주는 이유가 뭡니까? 차혁진 사건, 이게 제 계획이라고 의심하는 건가요?"

병찬은 진승일의 시선을 똑바로 바라보며 냉정히 물었다.

"진 이사님, 차혁진 사건… 이사님의 계획이었던 것입니까?"

진승일은 잠시 동안 창밖을 쳐다보더니 병찬을 강압적으로 바라보며 말했다.

"형사님, 근데 형사님이 뭔데 나한테 질문을 하죠? 형사님은 그냥 시키는 대로 하면 되는 거예요. 제가 친절하게 해주니까 뭔가 착각하고 있는 것 같아요. 그렇죠?"

"…"

지금까지 병찬을 대했던 태도와는 정반대의 모습이라 병찬은 크게 당황했다. 진승일은 갑자기 미소를 지으며 말했다.

"아이고 형사님, 놀래시긴… 농담이에요 농담! 형사님 답지 않게 왜 이렇게 쫄고 그러셔."

진승일은 말을 계속 이어 나갔다.

"이렇게 된 거. 그냥 다 얘기해 드릴게. 뭐가 궁금하실까?"

병찬은 잠시 침묵하다 질문했다.

"차혁진 사건, 이사님 계획입니까?"

"그렇긴 한데… 참나. 하여튼 그 새끼는 감정적으로 욱하면 일을 그르치는 놈이에요. 이번에도 감정에 못 이겨 잔인하게 사람을 죽였잖아. 차혁진이 해야 할 역할이 많았는데 너무 허무하게 끝나버렸어. 뭐… 어쩔 수 없지."

병찬은 복잡한 기색을 숨기며 물었다.

"결국, 이번 사건… 이사님의 계획이셨지만, 계획대로는 안 됐다는 말씀이십니까?"

진승일은 의미심장한 웃음을 지었다.

"내가 판은 깔았지만, 차혁진 저 멍청한 놈이 내 의도대로 움직이진 않았어요. 차혁진이 조대식까지 처리했으면 좋았을 텐데… 에휴, 병신 같은 새끼."

진승일은 한숨을 내쉬며 고개를 저었다.

"조대식이요?"

병찬은 본인의 귀를 의심하며 되물었다.

"그래요. 조대식 그놈은 돈만 주면 일 하나는 깔끔하게 하니까 죽은 이사장이 일을 많이 맡기긴 했는데 수틀리면 바로 배신할 놈이라고… 이제는 알 것 아니에요?"

"…"

병찬은 진승일의 뻔뻔스러움에 아무 말도 할 수 없었다.

"내가 이 자리를 얻기 위해 무려 15년간을 이 손에 더러운 피를 묻혀가며 그 노인네들을 위해 일했어요. 그 노인네들은 혼자 착한 척 다하면서 더러운 일들은 다 이 손으로 처리했다고!"

진승일은 흥분하며 계속해서 말을 이어 나갔다.

"내가 내 손에 더러운 피를 묻히면서 내가 얼마나 이 자리를 꿈꿔왔는지 알아요? 이제 거의 왔는데 몇 개 장애물만 제거하면 돼요. 그중 하나가 조대식이고… 조대식 그놈은 통제도 안 되고, 재단의 뒷면을 너무 많이 아는 놈이라 어떻게든 없애야 해요. 형사님, 이왕 이렇게 된 거 조대식 제거해 주시죠."

"예? 그건 제가 할 수 있는 일이 아닌 것 같습니다만…"

진승일은 표정을 바꿔 무거운 톤으로 말했다.

"참나, 형사님! 10년 전 일 벌써 잊으신 건 아니죠?"

병찬의 손이 잠시 떨렸다. 진승일은 그런 반응을 놓치지 않았다.

"우리 강운이 잘 크고 있죠? 어제도 과외선생님이 공부 잘하고 있다고 보고하던데… 형사님, 제가 과외비며 치료비며 다 지원해 주고 있는 거, 혹시 잊으셨어요?"

진승일은 핸드폰에서 병찬의 아들 강운의 사진을 보여주었다. 과외선생님에게 수업을 듣고 있는 장면이었다. 병찬은 입술을 꼭 다물었다. 진승일은 비열한 미소를 지으며 다리를 꼬았다.

"10년 전, 형사님과 내가 맺은 서약서. 굳이 다시 꺼내고 싶지 않아요. 형사님도 마찬가지겠죠. 그러니 앞으로 나한테 더 충성해야 하는 거 아닙니까?"

병찬은 아무런 말도 할 수 없었다. 도덕적으로 이런 상황은 형사로써 받아들이면 안 되었다. 하지만 본인 스스로 자초한 일이었다.

병찬의 머릿속에 10년 전의 기억이 선명하게 되살아났다. 새벽의 고요한 병원 복도, 중환자실 앞에서 담당 의사의 냉정한 목소리가 그의 심장을 후벼 팠다.

"강운이 상태가 급성 림프구성 백혈병이에요. 일반적인 치료로는 어렵고, 꼭 골수이식을 해야 합니다. 그것도 가능한

한 이른 시일 내에 말이죠."

아들 강운이의 백혈병은 발견이 늦어 이미 심각한 상태였다. 골수이식을 하려면 어렵게 일치하는 골수 기증자를 찾아야 했고, 국내에서는 찾기 힘들어 해외에서 긴급히 이식을 받아야 했다. 하지만 해외 이식 비용은 수억 원이 넘었고, 형사 월급으로는 꿈도 꿀 수 없는 돈이었다. 막막함 속에 병원 복도에 주저앉아 울음을 터뜨렸던 바로 그 순간, 진승일이 나타났다. 깔끔한 정장을 입은 그는 차갑지만 자신만만한 미소를 지으며, 서류 한 장을 병찬 앞에 내밀었다.

《희망재단 긴급 생명지원 협약서》

* 환자: 이강운(7세)
* 지원내용: 해외 골수이식 및 후속 치료비 전액 지원
* 지원조건: 향후 재단의 요청 시 경찰 내부 협조, 관련 내용 철저히 비밀 유지할 것

"형사님, 선택지는 간단해요. 이 서류에 서명하시면, 우리 강운이는 살 수 있습니다."

진승일은 주머니에서 고급스러운 펜을 꺼내 건넸다. 병찬

은 떨리는 손으로 서명하고 말았다. 병찬이 아들을 살리기 위해선 선택지가 없었다. 서명을 끝낸 후 진승일은 밝은 미소를 지으며 병찬의 어깨를 두드렸다.

"형사님이 하실 일은 별거 아닙니다. 가끔 희망재단에서 부탁드리는 일 몇 가지만 처리해 주시면 됩니다. 지금처럼 좋은 일 할 때 필요한 일인데 형사님께서 도와주시면 큰 도움이 될 것 같습니다. 앞으로 잘 부탁드릴게요."

병찬은 본래 원칙을 우선하는 강력계 형사였다. 경찰대학을 수석으로 졸업했고, 범죄 현장에서 누구보다 앞장섰다. 하지만 운명은 병찬을 너무 잔인하게 몰아붙였다. 아들 강운의 병이 모든 것을 뒤흔든 것이다. 치료비를 형사의 월급으로는 감당할 수 없어 은행에서 대출을 받았고, 지인들에게까지 손을 벌렸지만 감당할 수 없는 수준이었다. 그때 내민 손이 희망재단이었다. 처음 진승일이 요구한 것은 경미했고, 병찬은 좋은 일을 하기 위한 사소한 지원이라고 스스로를 설득했다. 하지만 작은 타협은 더 큰 타협을 불렀다. 증거를 사전에 빼돌리고, 수사 착수 시점을 미리 흘리고, 심지어 조사 방향을 틀어 주기도 했다. 그때마다 큰 죄책감에 시달렸지만, 아들 강운이 조금씩 회복되는 모습을 보며 그는 죄책감을 눌렀다.

병찬은 현실로 돌아와 정신을 차렸다. 손끝이 미세하게 떨리고 있었다. 진승일은 그런 병찬의 동요를 놓치지 않고 차갑게 압박했다.

"형사님, 강운이 치료 아직 끝난 거 아니잖아요. 골수이식 후에도 합병증 문제 때문에 계속 치료비가 들어가야 하는데… 그것을 우리가 다 지원해 주고 있다는 거, 알고 계시죠?"

병찬의 얼굴이 굳었다. 아들의 목숨이 여전히 진승일 손아귀에 잡혀 있다는 사실을 잊고 있었다. 진승일은 비열한 미소를 지으며 의자에 기대 다리를 꼬았다.

"형사님, 이번 한 번만 깔끔하게 끝내줍시다. 조대식이 우리에게 걸림돌이 되면 강운이 치료도 장담할 수 없어요. 아버지로서 현명한 판단을 하셔야죠."

병찬은 깊은숨을 내쉬었다. 무겁고 서글픈 결심이었다.

"알겠습니다. 조대식, 제가 처리하겠습니다."

진승일이 만족스럽게 미소를 지었다.

"그래요. 진작에 그렇게 하셨어야죠. 강운이랑 앞으로도 꽃길 걸어야죠."

"네 알겠습니다. 정확히 제가 뭘 하면 될까요?"

병찬은 차분한 어조로 물었다. 진승일은 여유롭게 웃었다. 그리고 몸을 병찬 쪽으로 기울이며 맞은 목소리로 말했다.

"형사님, 지금부터가 중요합니다. 우리 깔끔하게 조대식을 처리합시다. 형사님도 알잖아요. 조대식한테 찍히면 형사님도 쉽지 않다는 거. 분명 눈치가 빠른 놈이라서 형사님이 이렇게 정보를 갖고 있는 것도 눈치 챘을 수도 있어요. 형사님이 할 수 있는 모든 방법을 동원해 주세요."

병찬은 작은 목소리로 답했다.

"네. 그렇게 하겠습니다."

진승일은 흡족한 듯 고개를 끄덕였다.

"그래요. 진작에 그렇게 나왔어야지."

병찬은 무거운 표정으로 자리에서 일어선 후 가볍게 인사를 한 후 문 쪽으로 몸을 향했다. 진승일은 병찬의 뒷모습을 보며 입 꼬리를 비뚤게 올린 채 고개를 천천히 저었다. 병찬이 나가고 문이 닫히자, 진승일은 한심하다는 듯 혀를 차며 중얼거렸다.

"한 번 약점을 잡힌 개는 끝까지 주인 손을 못 벗어나지. 불쌍한 놈…"

그 뒤로 진승일은 비서를 불러 낮은 목소리로 지시를 내렸다.

"이번 달 강운이 치료비 결제 말이야. 일주일 정도만 늦게 처리해. 저 새끼한테 확실히 메시지가 전달되도록 말이지."

한편, 조대식에게 하루도 채 지나지 않아 침입자들에 대한 소식이 전해졌다.

"알아냈습니다."

부하가 깍듯이 말했다.

"그래, 말해봐."

조대식이 인상을 찌푸리며 물었다. 그의 얼굴에는 분노가 엿보였다.

"세 명 중 한 명은 희망재단 이사장 아들인 이준혁입니다. 부동산 투자는 거짓인 것 같고요. 그리고…"

"그리고 뭐? 계속 말해봐."

조대식은 답답하다는 듯 말했다.

"그때 차에 있던 두 명은 형사였습니다. 한 명은 이병찬, 또 한명은 박희성 입니다."

조대식은 확신했다. '희망재단 이사장의 아들이 나를 조사하고 있었다면, 진승일과 관계가 있는 것 같은데⋯ 진승일 이 새끼가 내 뒤통수를 치려는 건가? 그리고 형사들은 왜?', '진승일 이 새끼도 믿으면 안 되겠는데⋯ 하여튼 관상은 과학이라니까.' 그리고 분명 더 큰 음모가 숨어 있을 것이라 생각했다.

그리고 또 다른 부하가 만신창이가 된 사람 한 명을 끌고 왔다. 피라미였다. 병찬과 희성이 요청한 자료를 몰래 복사해서 조대식을 협박했다. 조대식은 만신창이가 된 피라미를 보고 물었다.

"겁도 없는 새끼. 지금까지 날 협박한 놈은 네가 처음이야. 천천히 죽여줄게."

조대식은 즉시 진승일에게 전화를 걸었다.

"어이, 진 이사님."

"조 사장님께서 웬일이십니까?"

진승일은 갑작스러운 전화에 긴장했다.

"이준혁이라는 사람을 아십니까?"

조대식은 단도직입적으로 물었다. 진승일은 순간 당황하며 말했다.

"이준혁? 어떤 이준혁을 말하시는 건가요? 흔한 이름이라 동명이인이 한둘이어야지 말이죠."

진승일의 목소리에서 미세한 떨림과 은근한 불안감이 느껴졌다. 조대식은 차갑게 말했다.

"그놈이 희망재단 이사장의 아들 맞죠?"

진승일은 말을 약간 머뭇거렸다.

"그 이준혁… 그런데 갑자기 그 이름은 왜 나온 겁니까?"

진승일의 머릿속은 빠르게 돌아갔다. 조대식이 이준혁을 알고 있다는 것에 당황했고, 왜 알고 있는지 궁금했다.

"준혁이라는 놈이 아무래도 제 창고에 한번 놀러 온 것 같습니다만… 진 이사님께서는 알고 계셨죠?"

진승일은 놀랐다.

"아니요. 이준혁이 거긴 왜 갔을까요? 그리고 이준혁이 조 사장님에 대해 알 리가 없습니다. 정말 조 사장님 창고로 이준혁이 간 것이 맞습니까?"

진승일의 목소리에는 당황함이 묻어 나왔고 일이 꼬여가고 있다는 것을 직감했다. 조대식은 답했다.

"부동산 투자를 가장해서 찾아왔더군요. 그리고 형사도 같이 움직이던데… 그것도 두 명이나 말이죠."

"혹시… 그 형사들의 이름도 알고 계십니까?"

"당연하죠. 이병찬과 박희성, 진 이사님께는 익숙한 이름일 수도 있겠습니다만."

병찬이 준혁과 함께 움직인다는 말을 들은 진승일은 뒤통수를 크게 얻어맞은 느낌이었다. 조대식은 잠시 침묵했다. 진승일은 이 상황을 어떻게 받아들여야할지 알 수 없어 혼란스러웠다. 조대식은 의심스럽게 물었다.

"진 이사님께서 병찬이라는 형사한테 뒷돈도 주고 프락치로 삼고 있는 것도 알고 있는데, 이제 한번 해보자는 겁니까?"

진승일은 서둘러 의심을 부인하며 말했다.

"그럴 리 있겠습니까. 다른 일로 도움 받을 것이 있어서 활용하고 있는 겁니다. 조 사장님! 우리는 한 몸입니다. 한 몸! 조 사장님이 없으면 저도 없어요."

진승일은 의심을 풀기 위해 아부성 멘트까지 던졌다.

"제가 사진 한 장 보낼게요. 이제 다 알고 있으니 솔직하게 대답하세요."

폰으로 전송된 메시지는 만신창이가 된 피라미였다. 진승일은 답했다.

"이 사람은 누구입니까? 뭔가 오해가 있는 것 같습니다. 제가 그 오해 제가 곧 풀어드리겠습니다. 얼굴 보고 얘기하실까요? 제가 찾아가겠습니다."

"얼굴 보고 싶진 않고… 각오하세요. 그냥 그 말 전해주려고 전화했어요. 곧 만나게 될 테니까 기대하세요."

조대식의 말은 진승일을 얼어붙게 했다. 그렇게 조대식과의 전화를 끊은 진승일은 깊은 고민에 빠졌다. 그는 고개를 숙이고 깊은 한숨을 내쉬었다. '이준혁이 왜 조대식 창고에 찾아간거지?', '병찬 이 새끼는 왜 이준혁과 함께 간 거고? 그리고 조대식이 보낸 사진 속의 인물은 누굴까?' 진승일은 불안감에 사로잡혔다.

진승일은 준혁이 왜 조대식 창고에 갔는지 궁금해졌다. 그는 희망재단을 자신이 완전히 주무르기 위해 준혁이 재단의 일을 거의 모르게 해야 했다. 그런데 재단에서 가장 숨겨야 할 조대식이라는 존재를 준혁이 인지하고 있다는 점에서 걱정되기 시작했다. 그는 자신이 놓친 부분이 무엇인지 필사적으로 찾으려 했고, 희망재단을 통해 쌓아놓은 것들이 무너질지도 모른다는 불안감이 점점 더 그를 휘감기 시작했다.

#17화

"조 사장이 이준혁의 존재를 알았다면… 혹시 30억의 냄새도 맡은 것이 아닐까?"

진승일은 머릿속에서 여러 가능성을 정리하려 애썼다.

"지금 모르더라도 조대식이라면 30억의 존재를 아는 것은 시간 문제겠군… 젠장."

진승일의 불안한 기운은 가라앉지 않았다. 그는 점점 더 압박감을 느꼈고, 이 상황을 통제할 수 있을지에 대한 의문이 커져만 갔다. 그의 심장은 불안함으로 인해 계속해서 요동쳤고, 눈앞이 흐려지는 느낌마저 들었다.

한편, 조대식은 진승일의 당황스러운 반응에서 평소 같지 않음을 감지했다. '진승일과 이준혁, 병찬과 희성이라는 놈, 분명 뭔가 꾸미고 있는데…' 조대식의 눈에는 날카로운 의심이 묻어났다. 진승일이 자신에게 위협이 될 가능성을 생각하며 여러 시나리오를 머릿속에 그리기 시작했다. 진승일 역시 조대식의 의심을 느끼고 있었고, 조대식과의 관계를 회복하기 위해 새로운 방법을 모색하기 시작했다. 곧이어 진승일은 병찬에게 전화를 걸었다.

"진 이사님, 무슨 일이십니까?"

병찬의 목소리에는 경계심과 동시에 불안감이 깃들어 있었다. 진승일은 비아냥대는 목소리로 말했다.

"병찬 형사님, 제가 형사님을 믿는 것 잘 알고 계시죠? 제발 날 실망시키지 않길 바랍니다."

그의 목소리에는 냉소와 경고의 의미가 은근히 깔려 있었다. 병찬은 의도를 파악하지 못한 채 입을 열었다.

"진 이사님, 무슨 뜻입니까?"

그의 목소리에는 미묘한 당황스러움이 섞여 있었다. 진승일의 말투와 그 뉘앙스에서 무언가 불길한 느낌을 받았기 때문이다.

"아, 설마 모른다는 건 아니겠죠? 내가 그렇게 믿어왔는데, 이준혁과 함께 뭔가 하고 있다니… 내가 믿었던 사람이 이런 식으로 나오면 곤란해집니다."

진승일의 목소리에는 날카로운 경고와 함께 실망이 담겨 있었다. 그는 자신의 의심을 숨기지 않고 그대로 병찬에게 전달했다. 병찬은 준혁의 이름이 나오자 당황한 기색을 감추며 변명했다.

"그건 오해입니다. 저는 이사님을 배신할 생각은 추호도 없습니다."

그의 목소리는 떨리고 있었고, 진승일이 그 떨림을 눈치채지 않기를 바랐다. 진승일은 냉소적인 웃음을 지으며 대답했다.

"좋아요. 그럼 내가 믿을 수 있게 증명해 봐요. 만약 한 번 더 그 신뢰를 저버린다면, 어떻게 되는지 알죠?"

진승일의 목소리에는 명확한 경고가 담겨 있었다. 그 순간 병찬은 자신이 벼랑 끝에 서 있다는 것을 느꼈다. 진승일은 병찬을 강하게 압박했다.

"자! 30억, 어떻게 가져올래요?"

병찬은 대답했다.

"30억을 가져올 수 있는 방안을 고민하고 있습니다. 조금만 기다려 주시면…"

그는 불안한 기색을 숨기려 애썼지만, 목소리에서 떨림을 지울 수 없었다. 진승일은 말을 끊고 강하게 말했다.

"이준혁과 장 박사가 지금 무슨 일을 벌이고 있는 것 같은데, 내일까지 저한테 보고하시고, 장 박사가 가져간 30억, 당장 가져와야겠습니다. 어떻게 할지 계획 세워서 보고하세요.

성공하면 형사님 몫은 챙겨 드릴게."

병찬은 속으로 불쾌했지만, 어쩔 수 없이 순응하는 태도를 보였다.

"네. 내일까지 보고드리겠습니다."

"그리고 지금 내가 보낸 사진 한번 보세요. 누군지 알아요?"

병찬은 재빨리 본인 폰에 전송된 사진을 확인했다. 만신창이가 된 피라미의 사진이었다. 병찬은 간담이 서늘해지며 몸이 굳는 것이 느껴졌다. 본능적으로 조대식에게 본인도 타깃이 되었음을 느낄 수 있었다.

"알아보겠습니다."

병찬은 재빨리 말을 돌리며 전화를 끊었다. 전화를 끊자마자, 병찬은 머리를 감싸지었다. 진승일의 압박이 점점 더 강해지는 가운데, 이제는 자신도 물러설 수 없는 상황에 놓였다. 그의 머릿속에는 끊임없는 후회와 자기혐오가 몰아쳤. '일단 준혁과 장 박사를 찾아가보자.' 그는 진승일이 지시한 것을 수행하기 위해 움직이기 시작했다. 하지만 올바른 길이 아니라는 가책에 그의 발걸음은 더 무거워졌다.

한편, 조대식의 부하들은 준혁 일행을 계속해서 추적하고 있었다. 그들은 대범했고 감시망은 점점 조여 오고 있었다. 병찬은 경찰서 근처에서 수상한 움직임을 감지했다. 경찰서 밖을 나갈 때마다 따라붙는 낯선 차량이 반복해서 눈에 띄었고, 희성에게도 마찬가지였다. 불안해진 병찬은 희성에게 전화를 걸었다.

"우리 감시당하고 있는 것 같아. 이 상황이 심상치 않아."

병찬의 목소리에는 진심으로 걱정하는 기색이 느껴졌다. 하지만 희성은 이미 병찬을 신뢰하지 않고 있었다.

"전 물러서지 않을 겁니다. 끝까지 갑니다. 비겁하게 타협하지 않을 거예요."

희성은 단호하게 말했다. 진승일과의 유착을 의심하던 그는 병찬의 말을 오히려 자신의 수사를 방해하려는 시도로 받아들였다. 그의 목소리에는 병찬에 대한 실망과 분노가 고스란히 담겨 있었다. 병찬은 깊은 고민에 빠졌다. 자신들이 감시당하고 있다는 것은 확실했지만, 이미 돈과 타협한 자신에게는 선택지가 없었다. 진승일에게 전적으로 충성하는 것은 아니었지만, 그를 배신할 용기도 없었다. 희성이 위험에 처해 있다는 것을 알면서도 아무런 조치를 취하지 못하는 자신이 한심하게 느껴졌다. 희성은 강력계로 뛰어 들어가, 직접 작성

한 긴급 보고서를 책상 위에 내려놓았다.

"계장님, 인신매매 현장이 있습니다. 잠복 인력만 붙여 주십시오."

피로가 짙은 계장이 서류를 들춰 보며 한숨을 내쉬었다.

"지원할 인원이 없다. 수상한 정황은 알겠는데, 확실한 증거가 있어야 움직일 수 있어. 영장부터 받아와."

희성은 물러서지 않았다.

"그때면 애들이 이미 사라집니다!"

계장이 목을 긁적이며 고개를 저었다.

"일엔 우선순위가 있어, 희성아. 네 마음은 알지만, 이 사건에 사람을 빼기엔 근거가 부족해. 알면서 그러니?"

"…"

희성은 말을 잇지 못하고 보고서를 다시 집어 들고 자리를 박차고 나왔다. 사무실을 나가려는 찰나 문 앞에 서 있던 동료가 말을 걸었다.

"혼자 갈 생각이면 접어. 위험해."

"누군가는 가야지."

희성은 문을 나서며 중얼거렸다.

"확실한 증거 가져와서 다시 올 거야."

다음 날 밤, 희성은 단독으로 조대식의 창고로 향했다. 창고 인근 나무에 핀홀 카메라를 고정하고, 어둠을 틈타 소형 녹음기를 문틈에 붙였다. 그때 창고 문이 열리며 부하 둘이 나왔다. 희성은 풀숲으로 잽싸게 들어가 몸을 낮췄다. 심장이 요동쳤다.

"형님, CCTV 새로 단 거 보셨어요?"

"사장님이 시켰지. 지난번 일 이후 귀찮아졌거든."

부하들이 담배를 털며 고개를 든 쪽, 까만 하늘에 붉은 점이 깜빡였다. '젠장, 그래도 영상을 바로 돌려보진 않겠지. 밤이라 잘 안 보일 거야.' 희성은 당황했지만, 깜깜한 밤에 잘 모이지 않을 것이라는 생각과 곧 지원인력과 함께 친다는 생각에 크게 신경 쓰지 않았다. 잠시 후 부하들이 안으로 들어가자, 희성은 이어폰을 꽂고 녹음 신호를 확인했다. 거친 소음 사이로 대화가 잡혔다. 녹음이 잘되고 있는 것을 확인한 그는 창고에서 꽤 멀리 떨어진 공간에 주차해 놓은 차로 돌아갔다. 차에 앉아 다시 녹음장치를 틀었다. 녹음장치에서 남자의 목소리가 새어 나왔다.

"물건, 내일 오후 두 시에 넘긴다. 준비해."

희성이 이를 악물었다.

"됐다. 이거면 충분해. 내일 지원 요청해서 바로 덮친다."

차에 시동을 걸고 재빨리 경찰서로 돌아가려 차를 몰았다. 좁은 비포장도로를 조심스럽게 빠져나오는데 어떤 차가 길의 반을 가로막은 상태로 주차를 해놓고 있었다. 도저히 빠져나갈 수 없는 상황. 희성은 차에서 내려 그 차 앞으로 다가갔다. 창문을 두드렸으나 아무 인기척이 없어, 얼굴을 가까이 대어 차 안을 확인했다. 누군가 앉아 있었지만, 아무 반응이 없었다.

본능적으로 위기감을 느낀 그때, 주변에서 플래시들이 켜지며 일제히 희성을 향했다. 희성은 불빛에 눈이 부셔 잠시 팔을 들어 눈을 가렸다. 덫에 빠진 것을 안 희성은 산 쪽으로 전력 질주했다. 뒤에서는 플래시가 요란하게 흔들렸고, 발소리가 바짝 쫓아왔다. 어둠 속에서 가지가 부러지는 소리, 거친 숨소리가 흩어지고 있었다. 얼마나 달렸을까. 숨이 턱 끝까지 차오르자 큰 바위 뒤로 몸을 던졌다. 다행히도 플래시는 엉뚱한 방향을 향하며 가고 있었다.

달빛 없는 밤, 희성의 숨소리만 또렷했다. 숨을 충분히 고른 희성은 잠시 주변을 살폈다. 플래시 불빛은 이미 멀리 사라진 상태였다. 자리를 뜨려고 일어서는 그 순간, 등 뒤로 서늘한 기운이 덮였다.

"여기다!"

"저 앞이야, 놓치지 마!"

희성은 다시 뛰었다.

"하아… 젠장."

풀숲을 헤치며 달리자, 잔가지들이 부러져 나갔다. 점차 포위망이 좁혀오자, 희성은 급히 나무 뒤로 몸을 숨겼다. 그리고 핸드폰을 꺼내 지원요청을 하려 했지만, 화면 불빛이 반짝일까 손을 멈췄다. 그 순간 플래시 빛이 얼굴을 훑었다.

"찾았다!"

순식간에 수십 개의 플래시 빛이 희성을 향했다. 부하 한 명이 그에게 다가오자, 바닥에 있던 돌을 집어 들어 부하의 얼굴을 향해 던졌다. '퍽!' 소리와 함께 비명 소리가 들렸다. 다시 돌을 집어 들었지만 쇠파이프가 날아와 어깨를 찍었다.

"으악~"

희성은 순식간에 둘러싸였고 희성은 아무것도 할 수 없었다.

"야, 씨발. 데려와."

쓰러진 희성의 팔목을 거친 손이 붙잡았다. 곧이어 케이블 타이로 손목과 발목이 묶였다. 희성은 땅바닥에 무릎 꿇린 채 고개를 들어 칠흑 같은 밤하늘을 바라봤다. '아직 끝이 아니다… 정신 차려. 빠져나갈 틈은 온다.' 숨은 가빴지만, 눈동자는 꺼지지 않았다. 모든 것이 끝난 듯한 절망감이 밀려왔지만, 정신을 차리면 탈출할 수 있다는 희망을 놓지 않았다.

희성이 붙잡힌 이후, 조대식은 희성을 단순히 처치하는 것만으로는 부족하다고 판단했다. 희성이 알고 있는 정보가 본인에게 심각한 위협이 될 수 있다는 생각에 그는 희성에게서 최대한의 정보를 빼내기 위한 심문을 시작했다. 조대식은 냉소적인 미소를 지으며 희성에게 질문을 쏟아냈다.

"누가 널 보냈나? 네 뒤에 있는 놈은 누구야? 알고 있는 걸 전부 불어. 아니면 네 인생은 여기서 끝이야."

손짓 한 번에 부하들이 희성을 의자에 결박했다. 고문 도구가 그의 시야를 빙둘러 채웠고, 조대식은 얼굴을 바싹 들이밀었다.

"여기서 나갈 방법은 하나뿐이야. 네가 아는 걸 전부 말하는 것."

희성은 이를 악물었다. 조대식의 눈빛이 짙은 서리로 바뀌었다. 그는 심리적 압박을 즐기듯 천천히 밀어붙였다.

"야! 데려와."

문이 열리며 만신창이가 된 남자 하나가 끌려왔다. 눈두덩이 검게 터지고, 셔츠는 피로 딱딱하게 굳어 있었다. 피라미였다. 그 순간 희성의 심장은 서늘하게 얼어붙었다. '설마… 우리가 맡긴 복사본 때문에?' 피라미의 곤죽이 된 모습을 보는 순간, 죄책감이 쇳덩이처럼 가슴에 내려앉았다. 하지만 공포와 자책을 삼킬 겨를도 없이 조대식이 그의 귓가를 걸어 자극적인 저음으로 속삭였다.

"이 새끼가 그러는데, 너희가 시켜서 자료를 빼냈다더라?"

조대식의 잔혹한 미소가 희성의 코앞에 지어졌다. 희성의 뜨거운 땀이 등줄기를 타고 흘렀다. 바짝 달라붙은 조대식의 숨결에서 술과 피 냄새가 뒤섞여 올라왔다. 그러나 입을 여는 순간 모든 정보가 연쇄적으로 새어 나가 병찬과 준혁에게 피해가 갈 것을 그는 너무 잘 알고 있었다. '그래도… 사람을 더 잃게 둘 순 없어.'

심문은 몇 시간이고 계속되었다. 결국 희성은 지칠 대로 지쳤지만, 끝까지 굴복하지 않았다. 끊임없는 위협에도 불구하고, 준혁이 무엇을 하는지, 병찬이 알아낸 정보가 무엇인지 절대로 말하지 않았다. 조대식은 희성에게서 더 이상 얻을 것이 없다고 판단했다. 그는 희성을 차갑게 바라보며 말했다.

"넌, 이제 쓸모가 없겠다."

그리고 부하들에게 지시했다.

"여기 둘 모두 처리해. 장기들을 팔아서 돈은 챙기고, 죽여라."

그는 희성을 단순히 제거하는 것이 아니라, 그의 몸에서 최대한의 이익을 끌어내려는 잔인한 결정을 내렸다. 조대식은 사람을 돈으로만 보았고, 그것이 그에게 중요한 모든 것이었다. 조대식의 부하 두 명이 팔을 잡아끌자, 희성의 발끝이 거칠게 갈렸다. 그들은 창고 끝에 있는 방으로 끌고 가 수술대 위에 올려놓았다. 희성은 저항했지만 이미 힘이 거의 빠진 상태였다. 곧이어 의사 가운을 입은 부하가 들어와 주사를 놓았고 희성의 의식은 희미해져 갔다. 그 순간 가장 먼저 떠오른 얼굴은 병찬이었다. 형사 생활의 절반을 그 곁에서 보내며 형님이라 부르며 따라다닌 기억들이 파도처럼 밀려왔다. 그리고 며칠 전, 취조실에서 차혁진이 숨죽여 내뱉은 귓속말이 떠올랐다.

"병찬 형사, 믿지 마세요. 희망재단과 깊게 연관돼 있습니다."

당시엔 아무 근거 없는 헛소리라 치부했지만, 뒤늦게 후회의 감정이 솟구쳤다. '내가 잘못 판단한 것일까, 아니면…', '설마'하는 희망과 '아니야' 하는 부정이 서로 맞부딪쳤다. '그래도, 진실은 언젠가 드러나겠지. 언젠가는…' 그의 눈에서는 눈물이 흘렀다.

잠시 후 희성에게는 모든 것이 멈춘듯한 평온함이 찾아왔고, 그렇게 세상을 떠났다. 병찬은 그런 상황을 알 수 없었다. 희성의 연락이 두절되자, 점점 불길한 예감에 휩싸였다. 희성의 행방이 묘연한 상황에서, 자신이 선택한 길이 어떤 결과를 가져올지에 대한 두려움이 병찬의 마음을 짓눌렀다.

조대식은 희성을 잔인하게 죽인 후 희성의 동료인 병찬 또한 제거해야 한다고 판단했다.

"병찬 형사 그 새끼도 계속 살피고, 조금이라도 이상한 행동하면, 납치해서 여기로 데리고 와라."

조대식은 부하들에게 차갑게 지시했다. 위험 요인이 될 수 있는 사람들은 없애는 것이 중요했고 더 이상 일이 더 커지지 않게 조용히 처리해야 했다. 그는 의자에 앉아 손톱을 깎으며 천천히 생각에 잠겼다. 순간 손톱을 깊게 잘라 인상을 찌푸렸다. 그러면서 진승일이 병찬의 동료인 희성을 이용해 자신을 치려했다고 확신했다.

한편, 진승일도 조대식이라는 인물을 잘 알기에 그가 점점 자신을 조여 오리라는 것을 알고 있었다. 깊은 한숨을 내쉬며 고민 끝에, 장 박사 무리가 가져간 30억의 존재를 공유하고 그 돈을 일정 부분 나누기로 결정했다. 돈을 나누는 것이 아까웠지만 자칫 더 큰 위험을 초래할 수 있었기 때문이다. 그는 자신의 안위를 위해 필요한 모든 것을 할 준비가 되어 있었다. 진승일은 조대식에게 전화를 걸었다. 진승일은 목소리를 최대한 차분하게 유지하려고 노력했다. 그의 손은 땀으로 축축해졌고, 한 손으로 이마를 닦았다.

"조 사장님, 동업자로서 좋은 제안을 드리려고 전화했습니다."

조대식은 의심을 거두지 못하는 목소리로 답했다.

"아이고, 진 이사님. 예전의 진 이사님이라면 제가 듣지도 않고 동의했겠지만, 이번엔 한번 들어보고 결정해야겠습니다. 저에게 믿음을 주는 제안이길 바랍니다."

진승일은 목소리를 낮추며 조대식의 눈을 똑바로 쳐다보

는 듯한 어조로 말했다.

"돌아가신 재단 이사장님께서 몰래 숨겨둔 돈 30억을 발견했습니다. 그런데 말이죠. 그걸 이준혁과 관련된 사람들이 가지고 있어요."

조대식은 관심을 가지며 물었다.

"그래서요?"

진승일은 말을 이어 갔다.

"30억을 찾아오고 함께 나누시죠. 재단 15억, 조 사장님 15억."

조대식은 손톱 깎기를 잠시 멈추고 눈을 좁혔다.

"그런데 이 제안을 한 이유가 뭔가요?"

그는 손톱깎이를 테이블 위에 내려놓으며 말했다.

"우리는 한배를 탄 존재이니 콩 한 쪽도 나눠 먹자는 의미죠. 대신 조 사장님께서 힘을 보태주신다면 더 수월하게 돈을 찾아올 수 있을 것 같습니다."

진승일의 목소리는 자신감을 유지하려 했지만, 어딘가 떨리는 듯했다.

조대식은 이를 놓치지 않고 진승일의 숨소리와 떨림을 감지해서 진승일의 진의를 꿰뚫으려는 듯했다. 그는 잠시 생각하다가 입가에 서늘한 미소를 지었다.

"좋습니다, 서로 도움이 될 수 있다면야 더할 나위 없겠죠. 단! 이것이 거짓일 경우에는 큰 책임이 뒤따르게 될 겁니다."

그리고 진지한 목소리로 물었다.

"그런데 말이죠. 하나 걸리는 것이 있어요. 혹시 저한테 하고 싶은 말 더 없나요?"

"조 사장님, 우리가 거래한 것이 10년이 넘는데 제가 한 번이라도 신뢰를 저버린 적이 있었나요?"

진승일은 당황했지만, 이를 감추려 애썼다.

조대식은 미소를 지우고 경고의 뉘앙스를 풍기며 말했다.

"진 이사님, 다시 한번 말하지만, 이번 기회에 모든 것을 밝히는 게 좋을 겁니다."

진승일은 더욱 당황했지만 애써 목소리를 차분하게 유지하려 했다.

"조 사장님, 무엇을 생각하는지는 모르겠지만 괜한 오해입니다. 조 사장님에게 숨기는 것이 전혀 없다는 걸 믿어주셔야 합니다."

조대식은 다시 손톱을 깎기 시작하며 말했다. 전화기 상으로도 손톱 깎는 소리가 들려왔다.

"병찬 형사라는 사람, 생각할수록 자꾸 거치적거리네요. 함께 일하는 희성이라는 형사가 얼마 전에 제 뒤를 캐다가 저한테 걸려서 죽었습니다. 진 이사님과 병찬 형사의 관계를 알고 있는 제가 어떻게 판단해야 할까요?"

진승일은 속이 철렁 내려앉는 느낌이었다. 형사까지 살해하는 대범함에 더 놀랬다. 그는 두려움을 감추려 노력하며 답했다.

"그런 일이 있었나요? 저런… 제가 병찬 형사를 불러서 조사장님 앞으로 데리고 가겠습니다. 오해는 빨리 풀어야죠. 저는 절대 조 사장님 배신하지 않습니다. 맹세합니다!"

조대식은 목소리를 낮추며 말했다.

"그럼, 내일 밤 9시. 제 창고에 병찬 형사 데려오세요."

진승일은 답했다.

"네, 꼭 데려가겠습니다."

진승일은 전화를 끊고 깊은 한숨을 내쉬며 곧바로 병찬에게 전화를 걸었다.

"병찬 형사님. 내일 밤에 저랑 같이 이동해야 할 곳이 있습니다. 7시까지 희망재단으로 오세요. 제 차로 같이 이동합시다."

진승일은 조대식을 두려워했기에 그의 신뢰를 얻기 위해

노력해야 했다. 그러나 동시에 조대식을 처리할 방법도 고민해야 했다. 그는 잠시 창밖을 바라보며 깊은 생각에 잠겼다. 창밖의 어두운 하늘은 그의 불안한 미래를 대변하는 듯했다. 진승일의 전화를 받은 병찬은 본능적으로 일이 크게 잘못되었음을 느꼈다. 그의 머릿속에는 희성의 얼굴이 떠올랐다. 희성과 나누었던 마지막 대화, 그리고 그가 걱정하던 표정이 다시금 병찬의 마음을 무겁게 했다.

"혹시, 무슨 일이 있으신가요?"

진승일은 침착한 목소리로 답했다.

"아니요. 그냥 와보시면 압니다. 제가 소개해 드릴 사람이 있어요. 그리고 내일 오실 때 30억 어떻게 찾아올지 보고하세요."

그는 차갑고 냉소적인 목소리로 덧붙였다.

"아! 그리고 장 박사에 대해 좀 더 알아보세요. 아무리 봐도 그 인간도 뭔가 있을 것 같거든."

"…"

병찬은 아무 대답도 하지 않았다. 잠시 정적이 흘렀고, 핸드폰 너머로 '탁! 탁!' 농구공이 바닥을 튀는 소리가 들려왔다.

"오늘 강운이, 농구대회 있죠?"

병찬의 숨이 잠깐 멎었다.

"…아니, 그걸 어떻게?"

진승일이 웃음을 삼키듯 낮게 말했다.

"농구 제법 잘하네요."

그리고 말투를 위압적으로 바꾸며 말했다.

"저를 실망하게 하지 않는 편이 좋을 겁니다. 그럼, 내일 뵙죠."

병찬은 전화를 끊고 한숨을 내쉬었다. 점점 더 많은 압박과 협박을 받으며 내적 갈등이 깊어지는 와중에도 진승일의 협박을 무시할 수 없어 고민했다. 당장의 선택지는 진승일이 하라는 대로 따르는 것이었지만, 그는 이 상황에서 어떻게든 돌파구를 찾아야만 했다. 병찬은 내심 자신의 선택이 옳은지 의심하며 어둠 속에서 홀로 씨름하기 시작했다.

병찬은 준혁에게 연락했다. 준혁은 장 박사의 연구소에 있었다. 병찬은 장 박사의 존재도 궁금했기에 곧바로 장 박사의 연구소로 향했다. 그의 머릿속에는 혼란스러운 생각들이 넘쳐났다. 30억을 어디에 보관하고 있는지, 어떻게 빼앗을 것인지 답을 찾아야 했다. 조대식은 진승일과 전화를 끊고 준혁이나 병찬과 어떤 관계로 연결되어 있는지를 파악하고, 그들을 모두 제어하기 위한 계획을 본격적으로 세우기 시작했다. 그리고 부하들을 불러 30억의 존재가 정말인지 뒷조사를 시켰다.

4부

배신과 회귀

#18화

장 박사의 연구소를 찾은 병찬은 연구원의 안내를 받고 준혁과 장 박사가 있는 연구실로 향했다. 연구실로 들어가는 차가운 강화유리를 밀자, 묘한 오존 냄새가 코를 찔렀다. 하얀 벽면 속 복잡한 배선, 중앙엔 캡슐형 장치가 미세하게 떨리고 있었고 준혁이 고글을 쓰고 훈련하고 있었다. 캡슐형 장치 주변에는 복잡한 배선이 얽혀 있었다. 병찬은 신기한 듯 주변 실험실을 훑었다. 1분 정도 후 연구소 내부에는 알람이 크게 울렸고, 준혁이 캡슐형 장치에서 내려왔다. 준혁의 티셔츠는 땀에 달라붙어 있었고, 숨은 거칠었다. 준혁은 병찬을 바라보며 인사했다.

"형사님, 안녕하세요. 여기는 장진호 박사님입니다."

그는 바로 장 박사를 보며 병찬을 소개했다.

"박사님, 여기는 지난번 말씀드렸던 이병찬 형사님입니다."

병찬이 궁금함을 참지 못해 바로 물었다.

"예전부터 궁금했는데, 두 분이 준비한다는 게 뭡니까?"

준혁이 잠시 머뭇거리다가 물을 한 모금 삼키고 말했다.

"형사님은 이해 안 가실 수 있지만… 저는 부모님이 돌아가

시기 5분 전으로 돌아가려 합니다."

병찬은 예상을 크게 벗어난 대답에 본인의 귀를 의심하며 물었다.

"시간여행이라도 하겠다는 겁니까? 지금 제정신입니까? 정말로 그걸 믿는 건가요?"

장 박사가 표정 변화 없이 답했다.

"네. 영화 속 얘기 같겠지만, 그것은 실제로 존재합니다."

병찬의 미간이 찌푸려졌다.

"네? 그게 실제로 가능하단 말입니까?"

장 박사는 병찬을 차갑게 바라보았다.

"우리가 하는 일에 대해 당신이 얼마나 이해할 수 있을지 모르겠군요. 시간여행이라는 개념은 받아들이기 힘들 수 있지만, 이미 그것은 실행되고 있습니다. 이것이 이미 세상을 바꾸고 있습니다."

그의 말에는 확신이 가득했다. 장 박사와 병찬의 시선이 서로 부딪히며 묘한 기류가 흘렀고, 둘 다 먼저 눈을 다른 곳으로 돌리지 않았다. 병찬은 장 박사의 말을 믿을 수 없었지만, 장 박사와 준혁의 진지한 눈빛을 보며 그들의 결의를 느낄 수 있었다. 병찬은 마지못해 고개를 끄덕이며 한숨을 내쉬었다.

"아직도 잘 이해는 안 가지만… 당신들이 확신하시니 저도 더 알아보고 싶네요. 언제 실행하나요?"

병찬에 대해 여전히 경계심을 풀지 않은 장 박사는 준혁을 향해 물었다.

"그것이 왜 궁금하죠?"

장 박사는 여전히 경계심을 거두지 않은 채 준혁을 힐끗 째려보며 물었다.

"준혁 씨, 도대체 이분은 여기 왜 온 겁니까?"

준혁은 이마에 맺힌 땀을 손등으로 닦으며 병찬에게 시선을 돌렸다.

"형사님, 여기서 하시겠다는 말씀이 정확히 뭡니까?"

잠시 침묵하던 병찬은 바닥에 시선을 떨궜다.

"희망재단 진승일 이사가 지난번에 찾아낸 30억을 노리고 있습니다. 자칫 두 분 모두 위험해질 수 있어요. 필요하다면 경찰력을 동원해서라도 지키겠습니다."

장 박사는 고개를 젓더니, 날 선 눈으로 병찬을 쳐다봤다.

"그럴 필요 없을 것 같은데요? 우리가 무엇을 믿고 경찰 도움을 받아야 하죠?"

"왜 필요 없습니까? 이곳은 민간 연구소입니다. 무장 조직이라도 들이닥치면…"

"우리가 하는 일은 법으로 허용된 영역을 벗어나 있습니다."

장 박사는 단호하게 말을 이어갔다.

"괜히 피곤한 일 만들고 싶지 않아요. 그리고 우리에겐 경찰력 이상의 대비책이 있습니다. 말씀은 고맙지만, 도움은 사양하겠습니다. 이제 나가 주십시오."

단호한 어조에 당황한 병찬이 준혁에게 눈길을 던졌다.

"정말 위험합니다. 돈을 뺏으러 곧 진승일 일당이 들이닥칠 겁니다. 그때 이곳에서 진행하려는 작업도 모두 실패로 돌아갈 수 있어요. 괜찮으시겠습니까?"

짧고 무거운 침묵. 준혁의 뇌리엔 며칠 전 만났던 백주영 박사의 경고가 번개처럼 스쳤다.

"장 박사를 다 믿으면 안 됩니다. 결국 당신도 그에게는 실험용 도구일 뿐이에요."

동시에 병찬이 부모님 집에 몰래 침입했던 것과 진승일과의 관계도 떠올리며 생각했다. '병찬 형사가 우리 편이 아닐 수도 있어. 하지만 완전히 버릴 카드도 아니다.' 준혁은 두 사람 사이로 한 걸음 나섰다.

"형사님 말이 헛소리는 아닙니다. 박 전무님과 만일의 사태에 대비해 함께 준비하는 게 좋겠습니다. 진승일과 돈으로 움직이는 조대식이 합세하면, 우리 스스로 막기 어렵습니다. 형사님 도움을 받죠."

병찬이 자신 있게 고개를 끄덕였다.

"제가 최대한 힘을 보태겠습니다."

그러자 준혁은 병찬을 마주본 채 낮은 목소리로 못을 박았다.

"하지만 형사님, 진승일과 얽힌 전력을 알고 있습니다. 우리 뒤통수를 칠 생각이라면 시작도 하지 마십시오."

병찬의 표정이 굳었다.

"알고 있습니다. 그 관계를 역이용하려 합니다. 일부 정보를 그들에게 흘려 끌어낸 뒤…"

그는 자신이 짜 온 계획을 조심스레 설명했다. 장 박사는 굳은 표정으로 시선을 돌리더니, 벽면 인터폰을 눌러 박우선 전무를 호출했다.

"이쪽은 박우선 전무입니다. 연구소 보안을 총괄하고 있죠."

장 박사는 박 전무를 흘끔 보고 나서 병찬에게 말했다.

"저희가 가장 취약한 시간은 타임슬립 기계를 가동하는 3일 뒤 오후 7시입니다. 그때 연구진 전원이 여기에 집중해야 하기에 가장 취약합니다."

병찬은 곧장 수첩을 꺼내 메모했다. 박 전무의 눈길엔 경계심이 뚜렷했지만, 준혁이 조용히 고개를 끄덕이며 장 박사를 부추겼다. 결국 장 박사는 박 전무를 통해 현금 은닉실의 위치와 내부 경로를 공유했다. 연구소 도면이 테이블 위에 펼쳐졌고, 박 전무가 손가락으로 주요 경로를 짚었다. 그렇게 그들은 오랫동안 대화를 나누며 전략을 세웠다. 상황은 준혁이 주도했고, 병찬은 진승일과 조대식에게 정보를 어떻게 전달할지 고민했다. 그들은 같은 주제로 얘기했지만, 각자의 머릿속에는 서로 다른 계산이 있었다. 불신은 여전했으나, 각자의 목적이 그들을 하나로 묶었다. 하지만 그 목적은 누군가는 실패해야만 달성될 일이었다.

병찬은 연구소를 나서는 길에 고개를 뒤로 돌려 연구소 내부를 둘러보았다. 마치 영화 속에서나 나올 법한 장면처럼 연구원들은 분주히 움직이고 있었다. 기계 가동을 앞두고 긴장감이 감돌며 모든 공간이 숨 막힐 듯한 압박감을 느끼게 했다. 연구원들은 피로에 찌든 얼굴로도 각자의 작업을 멈추지 않았고, 각자의 위치에서 피곤한 눈을 비비며 모니터를 응시하고 기계를 점검했다. 다른 기술자들은 흐르는 땀을 닦아내며 기계들을 점검하고, 조심스럽게 자료를 정리하며 무언가를 낮은 목소리로 속삭였다. 깜빡이는 검붉은 경고등과 긴급한 알람 소리가 계속 울려 퍼졌고, 연구소 곳곳에서 테스트가 진행되며 검붉은 조명이 어둠 속에서 깜빡였다. 병찬은 이런 상황이 놀라웠고, 경찰서로 돌아와 데이터베이스와 주변 네트워크를 활용해 장 박사의 과거 이력을 다시 확인하기로 마음먹었다.

다음 날 저녁, 병찬은 진승일을 찾아갔다. 진승일은 병찬에게 목적지를 밝히지 않은 상태로 출발했고, 병찬은 점점 불안해졌다. 진승일의 차가 익숙한 길로 접어들자, 병찬은 불길한 예감이 확신으로 바뀌었다. 장소가 가까워질수록 조대식의 창고라는 것을 알게 되었다. 진승일은 병찬의 불안함을 눈치채고 비꼬듯 물었다.

"병찬 형사님, 초행길이 아니시죠? 우리가 어디로 가고 있을까요?"

병찬은 당황한 기색을 숨기며 발뺌했다.

"글쎄요. 제가 돌아다니는 곳이 너무 많다 보니…"

조대식의 창고에 도착하자 병찬은 차에서 내렸고, 곧바로 조대식의 부하 3명이 그를 둘러쌌다. 병찬은 창고 중앙으로 끌려가 포승줄에 묶였다. 심장이 미친 듯이 뛰기 시작했고, 손바닥에는 식은땀이 배어 나왔다. 그는 두려움과 분노가 교차하며 자신이 함정에 빠졌음을 직감했다. 조대식은 병찬 앞으로 가까이 다가가 의자를 당겨 앉으며 말했다.

"지금 말한 사실 중에 하나라도 거짓이 발견되면, 동료와 같은 신세가 될 거예요. 아시겠죠?"

병찬은 의아한 표정으로 물었다.

"네? 동료요?"

조대식은 잔인하게 미소 지으며 말했다.

"아, 아직 모르시나 보네. 이틀 전에 우리 창고에 놀러 왔던 형사 말이에요. 우리가 조금 놀아줬지. 피라미라는 놈도 함께 잡아서 장기 모두 해체해서 팔았어요. 덕분에 돈 좀 만졌고."

그는 천천히 말을 이었다.

"병찬 형사님도 조심하세요. 제대로 말하지 않으면 똑같은 운명을 맞게 될 테니까."

희성의 사망 소식에 병찬은 가슴 한복판을 꿰뚫듯 치고 들어오는 충격을 받았고 죄책감에 고개를 들 수 없었다. 머릿속엔 희성과 함께한 장면들이 필름처럼 쏟아졌다.

몇 해 전, 경찰서 복도 끝으로 새내기 한 명이 호기롭게 걸어왔다. 신입 형사 희성. 강력계로 배치된 첫날부터 그는 눈빛이 반짝였다. 사건을 해결할 때마다 희성은 큰 보람을 느꼈고, 피해자를 마주할 때마다 눈가를 훔쳤다. 그 모습은 병찬의 순수했던 옛 시절을 떠올리게 해주었다.

"형님, 전 형님처럼 되고 싶습니다. 정의로운 형사로 오래 남는 게 제 꿈이에요."

희성이 병찬에게 말하자 병찬은 대답하지 못했다. 순수한 눈빛 앞에서 자신의 떳떳하지 못한 모습들이 떠올랐기 때문이다. 희성은 더 빠르게 성장했고, 의문이 생기면 그냥 지나치지 않았다. 병찬의 아들이 백혈병 판정을 받았을 때, 희성은 병찬 옆을 말없이 지켰다. 집 마련을 위해 꼬박꼬박 모으던 적금을 깨서, 강운이 치료비라며 두툼한 봉투를 내밀었다. 병찬은 감동의 눈물을 흘렸었다.

그런 희성이 목숨을 잃었다. 병찬의 이기심이 희성을 죽음으로 내몬 것이었기에 자신을 용서할 수 없었고, 당장 죽고 싶어질 정도로 죄책감이 몰려왔다. 하지만 조대식과 진승일이 지켜보는 앞에서 눈물을 보일 수는 없었다. 병찬은 눈시울이 붉어졌지만, 입술을 깨물어 버텼다. 그리고 다짐했다. '희성의 죽음을 헛되이 두지 말자.'

조대식은 본격적으로 병찬을 심문하기 시작했다. 왜 본인의 뒤를 캤는지, 이준혁과의 관계는 어떻게 되는지, 진승일과는 무슨 일들을 하고 있는지, 그리고 30억에 대한 정보 등을 캐물었다. 조대식의 눈빛을 보니 거짓말은 금방 탄로 날 것만 같았다. 병찬은 최대한 진실을 말하며 의심을 사지 않으려 했다. 그의 목소리는 떨렸지만 최대한 차분하게 답하려고 애썼다. 그렇게 30분가량 흘렀을까. 조대식은 병찬을 묶어 둔 채 진승일과 함께 집무실로 이동했다. 그들은 30억을 찾아오기 위한 대화를 시작했지만, 조대식의 마음속에서는 여전히 진승일에 대한 의심이 완전히 가시지 않았다. 조대식은 진승일과 대화하다가 부하들에게 병찬을 데려오라고 말했다. 병찬에게 물었다.

"장 박사의 연구소에서 30억을 찾아오려면 언제 치는 게 좋겠어요?"

"3일 뒤 저녁 7시, 장 박사의 연구실이 가장 바쁜 날입니다. 믿기 힘들겠지만, 저도 정말 믿어지지 않지만, 타임머신이라는 것이 있고, 그것을 통해 준혁이 과거로 돌아간다고 합니다. 그것이 과거를 바꿀 수 있다고 믿는 것 같습니다."

병찬은 말하면서 조대식과 진승일의 눈치를 보았다.

"푸하하하! 타임머신? 시간여행을 한다고?"

조대식의 인상은 갑자기 일그러지며 언성이 높아졌다.

"이 새끼가 장난하나!"

"저도 믿지 않습니다. 하지만 확실한 것은 그날 그 실험을 할 것이고 연구실이 가장 바쁜 날인 것은 확실합니다. 그리고 사람 목숨까지도 위험할 수 있는 불법적인 일이라 경찰에 신고하기도 어려울 것입니다."

병찬은 물러서지 않고 자신 있게 말했다. 병찬을 얘기를 들은 조대식은 한참을 가만히 있다가 진승일을 바라보고 말했다.

"오케이! 3일 후 수요일이 좋겠어."

병찬의 정보는 설득력 있었고, 연구소가 분주할 것이란 것과 공권력 투입도 어렵다는 말도 일리가 있었다. 진승일은 조대식의 말을 듣고 잠시 생각에 잠겼다. 그의 머릿속에는 이미 장 박사의 연구소에서 30억을 손에 넣기 위한 다양한 시나리오가 그려지고 있었다. 진승일이 말했다.

"시간여행이라니… 참, 아직도 그런 허황된 소문을 믿는 사람들이 있다니… 저도 조 사장님 의견에 동의합니다. 연구소가 그렇게 분주해진다면, 우리의 계획을 실행하기엔 최적의 타이밍입니다. 대부분의 연구진이 그 시간여행 준비에 몰두해 있을 테니, 우리는 쉽게 움직일 수 있을 겁니다."

진승일은 걱정스러운 표정을 지으며 말을 이었다.

"그런데, 한 가지 거슬리는 점이 있습니다."

조대식은 눈꼬리를 올렸다.

"뭐가 거슬리는데요?"

"장 박사 측에 박우선 전무라는 사람이 있습니다. 이준혁 부모 집에서 잠깐 봤는데, 말투며 눈빛이 우리랑 비슷한 부류로 보이더군요. 누구 밑에서 월급 받으며 움직일 얼굴은 아니었어요."

"박우선 전무? 박우선이라…"

조대식은 시선을 비켜 세우며 이름을 되뇌자 묘한 정적이 흘렀다. 이내 입술 한쪽을 들어 올렸다. 진승일이 궁금해 물었다.

"혹시 아는 사이입니까?"

조대식은 의자에 기대며 말했다.

"큰일을 하려면 그런 놈 하나쯤 곁에 둬야지. 그래 봐야 우리가 힘을 합치면 무슨 수를 쓸 수나 있겠나?"

"하하하, 역시 조 사장님답습니다. 이번엔 삼십억 깔끔히 가져옵시다."

진승일이 조대식의 눈치를 보며 호탕하게 웃었다. 그들은 곧장 더 구체적인 계획을 세우기 시작했다. 조대식과 진승일은 약 50명의 인원을 동원해 연구소를 공격하기로 합의했다. 이 계획은 위험을 감수해야 했지만, 그들에게는 충분히 시도해 볼만 한 일이었다. 연구소의 혼란을 틈타 30억을 확보하는 것이 목적이었다. 조대식은 진승일과의 대화를 마치고 병찬을 풀어주며 차갑게 말했다.

"경찰이 개입하지 않도록 잘 처리해야 할 거야. 그래야 네 목숨도 부지할 수 있을 테니까."

그의 눈에는 살기가 넘쳐났다. 병찬은 알겠다는 듯 고개를 끄덕였지만, 내면에서는 깊은 갈등이 일었다. 희성의 죽음에 대한 복수심이 그를 채웠지만, 지금의 자신에게는 그들과 정면으로 맞설 힘이 없었다.

한편, 진승일은 또 다른 계획을 세우고 있었다. 조대식은 그의 계획에서 잠재적 위협이었다. 그는 조대식을 내 편으로 만들거나 제거해야 한다고 생각했다. 그래서 그는 부하들을 통해 조대식을 감시하며 그에게 약점이 될 만한 정보를 모으기 시작했다. 조대식이 약점을 드러내는 순간, 진승일은 그를 제거할 준비를 할 생각이었다.

"30억을 되찾을 때 조대식이 만약에 배신한다면… 그 돈이 내 손에 들어오지 않는다면 어떻게 해야 할까?"

진승일은 조용히 중얼거렸다. 이 돈은 단순한 금전이 아니라, 희망재단에서의 권력 유지와 불법적인 사업확장을 위한 기회였다. 그는 절대 이 기회를 놓칠 수 없었다. 준혁에 대해서도 진승일은 고민이 많았다. 준혁은 희망재단의 이사장의 아들로서 재단의 유지에 중요한 인물이었다. 함부로 건드릴 수 없는 존재였기에, 그는 조심해야만 했다. 준혁이 타임머신을 이용해 과거로 가겠다는 생각에 빠져 있을 때가 바로 기회였다. 그는 준혁의 눈을 피해 돈을 확보하고, 만일의 사태를 대비해 준혁과의 관계를 관리해야 했다.

병찬은 곧바로 장박사의 연구소를 찾아가 준혁을 만났다.

"준혁 씨, 조대식과 진승일이 연구소를 곧 습격하려고 합니다."

병찬의 목소리는 다급했다.

"결국 오는군요. 언제입니까?"

준혁이 차분히 물었다.

"수요일 오후입니다. 바로 준혁 씨가 타임머신을 이용하려는 그 시간에요."

준혁이 답했다.

"이 내용 장 박사님과 박 전무님에게도 공유해주시죠. 전 지금 과거로 떠날 준비 외에는 신경 쓸 여력이 없습니다. 이것만으로도 몹시 지칩니다."

병찬은 답답함이 밀려왔다.

"준혁 씨, 과거로 가는 것보다 그 돈을 지키는 게 더 중요할 수도 있습니다! 그리고 장 박사 그 사람, 의심스러운 부분이 있어요. 전적으로 믿으면 안 됩니다!"

"갑자기 그건 무슨 말씀인가요?"

"장 박사는 목표를 위해 뭐든 할 사람입니다. 준혁 씨가 중요한 결정을 내리기 전에, 그가 숨기고 있는 것은 없는지 더 알아봐야 할 것 같습니다."

준혁은 잠시 침묵하다가 답했다.

"형사님이 어떤 걱정을 하는지 알겠지만, 전 이미 마음을 굳혔습니다. 적어도 과거로 돌아가서 부모님을 살리지 못하더라도 진실은 보고 와야겠습니다. 그리고 박우선 전무님을 믿어보세요. 그리고 병찬 형사님도 박 전무님과 함께해 주신다면, 우리가 쉽게 막아낼 수 있을 겁니다."

준혁은 단호했다. 병찬은 답답함을 느꼈지만 어쩔 수 없었다.

"알겠습니다. 박 전무와 얘기해 보겠습니다."

곧이어 병찬은 연구소 안에 있던 박 전무를 찾아가 조대식과 진승일의 계획을 알렸다. 그들은 장시간 논의하며 다시 한번 대응 계획을 세웠다. 병찬은 여전히 불안했지만, 박 전무는 오히려 여유 있는 태도로 병찬을 안심시켰다.

"따라오세요. 저들은 절대 우리 돈을 가져가지 못할 겁니다. 직접 보여드리죠."

박 전무는 병찬에게 부하들을 직접 보여주고 돈이 보관된 장소로 안내하기 시작했다. 돈이 보관된 방문 앞에 도착한 후 안전장치를 해제하고 천천히 문을 열었다.

"여기에 준혁 씨 부모 집에서 가지고 왔던 30억과 우리가 계약금으로 받은 20억, 그리고 다른 의뢰인들에게 받은 돈까지 다 여기에 보관되어 있습니다. 그리고 이 위치는 저희 인원과 저만 압니다. 들어와도 찾기도 힘들고, 찾아도 들고 가지 못할 겁니다."

박 전무는 그곳에서 대기하고 있는 검은 정장의 부하들을 훑으며 말했다. 족히 100억은 넘어 보이는 현금과 귀중품들을 보자 병찬은 혼란스러웠다. 그는 장 박사가 진정한 사기꾼일 수 있다는 것과 준혁이 실체를 확신할 수 없는 타임머신에 들어가는 순간, 무언가 끔찍한 일이 벌어질 수도 있을 것 같다는 불길한 예감을 느꼈다. 동시에 또 다른 생각들이 스쳐 지나가기 시작했다. '저 돈이면… 강운이 항암 유지·재활까지 다 커버된다. 대학 등록금, 결혼자금… 평생 병원비 걱정도 없을 텐데…' 그 순간, 아들 강운이가 링거 폴대에 기대어 웃던 모습이 번개처럼 스쳤다.

"아빠, 난 언제까지 아파야 해?"

아들 강운의 떨리던 목소리가 귓가를 파고들었다. 병찬은 손등으로 식은땀을 훔쳤다. 바로 그때, 뜨거운 죄책감이 올라왔다. 주먹을 불끈 쥔 채, 그는 눈을 질끈 감았다가 억지로 시선을 돌렸다.

병찬은 장 박사의 연구실을 빠져나온 후 다음 날 아침 일찍 조대식에게 향했다. 조대식은 진승일을 배제하고 병찬에게 별도로 지시를 내렸고, 돈을 가져오기 위한 계획을 별도로 보고 받았다.

"준혁과 장 박사는 절대적으로 저를 신뢰하고 있습니다. 연구소 안에 돈이 어디에 보관되어 있는지도 제가 직접 눈으로 확인했습니다. 조 사장님과 진 이사가 연구소 안에 들어와 박 전무만 제압한다면, 제가 그쪽으로 빠르게 안내하겠습니다."

병찬은 계속해서 말을 이어갔다.

"그리고 30억이 아닌 100억 이상의 돈과 귀중품이 있습니다."

조대식의 입가에 미소가 지어졌다. 이내 팔짱을 끼며 물었다.

"반가운 소식이긴 한데… 내가 그 말을 믿을 수 있는 근거는?"

"근거는 지금까지 충분히 보여드린 것 같습니다."

그의 목소리에는 강한 결의와 자신감이 서려 있었다. 조대식은 병찬의 단호한 태도에 팔짱을 풀며 비웃듯 말했다.

"지금 돈이 보관된 장소를 바로 알려줄 순 없는 건가?"

그의 눈에는 살기가 서려 있었다. 병찬은 굳은 얼굴로 답했다.

"장 박사의 연구소는 생각보다 넓고 많은 기계가 있어 돈이 보관된 장소를 찾기 어려울 겁니다."

이 말을 하며 도면을 조대식에게 전달했다.

"이 도면은 연구소 내부가 그려진 도면입니다. 연구소의 가장 깊숙한 곳 중에 한 곳인 C40룸에 그 돈들이 보관되어 있습니다."

조대식은 도면을 펼쳐 보며 말했다.

"음… 안으로 꽤 들어가야겠군."

병찬은 진지한 목소리로 덧붙였다.

"자칫 길을 잃을 수 있으니, 제가 앞에서 안내하겠습니다."

"만약 다른 생각을 하고 있다면 들어가자마자 가장 먼저 병찬 형사부터 죽이고 움직일 거예요. 그리고 진 이사에게 30억이 아닌 100억이 넘는 돈이 있다는 얘기도 전달하지 마시고."

조대식은 여전히 진승일과 병찬을 의심하고 있었지만, 병찬이 중요한 정보를 제공하며 자신의 편에 서 있는 것처럼 행동한 이후로 어느 정도 신뢰를 하기로 했다. 희성의 죽음으로 인해 병찬이 자신을 두려워하고 있다고 믿었다. 그리고 큰돈을 손에 쥐기 위해 현재로선 병찬 믿는 것 외에는 대안이 마땅치 않았다. 병찬은 그 나름대로 조대식과 진승일을 곤란하게 할 계획을 세웠다. 병찬은 장 박사 연구실에서 박 전무와 협력하여 연구소 침입 시 대응 계획과 만일의 상황에 대비한 탈출 계획을 마련하기 시작했다. 그는 자신이 처한 이중적인 상황 속에서 위험을 감수하면서도 최선을 다해 상황을 유리하게 만들고자 했다.

그 시각, 준혁은 장 박사의 연구실에서 마지막 훈련을 마치고 있었다. 준혁의 몸은 땀이 범벅이 되어 있었다. 육체를 움직이는 훈련이 아니었음에도 그 훈련은 매우 고되었다. 과거로 돌아갈 날이 다가오고 있었고, 준혁은 그동안 해왔던 모든 훈련을 떠올리며 자신을 다잡았다. 장 박사는 준혁에게 진지하게 말했다.

"준혁 씨, 모든 준비가 끝났습니다. 이제 남은 것은 당신의 결단뿐입니다. 무엇을 선택하든 그 선택에 후회하지 않길 바랍니다."

그리고 지친 준혁의 표정을 보며 강조하며 말했다.

"과거를 바꿀 기회는 단 한 번뿐입니다. 그 선택이 어떤 결과를 가져올지 몰라도, 반드시 최선을 다해야 합니다. 명심하세요. 기회는 딱 5분, 그리고 한 번뿐이라는 걸!"

준혁은 깊은숨을 내쉬며 대답했다.

"감사합니다, 박사님. 어떤 결과가 있더라도 저는 제 선택에 책임을 지겠습니다."

준혁의 눈빛에는 포기하지 않겠다는 의지가 서려 있었고, 시간여행을 위해 모든 것을 걸고 있었다.

수요일. 그 운명의 날이 다가왔다.

장 박사의 연구소는 어둠 속에서 긴박하게 움직이고 있었다. 연구소는 마치 전쟁터 같은 분위기였다. 연구원들은 얼굴에 지친 기색이 역력했지만, 그들의 손은 절대로 멈추지 않았다. 기계의 삐걱거림과 경고음, 그리고 연구원들의 재촉하는 목소리가 공간을 메우며 전쟁 직전의 긴장감을 고조시켰다. 연구소 주변에는 평소보다 많은 경비 인력이 배치되어 있었고, 그들의 눈빛은 매섭고 의심 가득했다. 외부의 침입을 경계하는 듯, 손에는 방어용 무기가 꽉 쥐어져 있었다. 외부 경계는 평소보다 강화되었고, 내부도 긴박한 분위기로 바뀌어 있었다.

한편, 진승일과 조대식, 그리고 병찬도 각자의 목표를 이루기 위해 준비를 마쳤다. 조대식은 병찬을 통해 얻은 정보를 바탕으로 연구소 깊숙이 침투할 계획을 세웠고, 진승일 또한 돈을 확보하기 위해 철저하게 모든 가능성을 고려하고 있었다. 준혁은 타임머신을 이용해 과거로 돌아가서 진실을 확인하겠다는 희망에 사로잡혀 있었다. 장 박사와 박 전무는 돈을 지키기 위해 그들이 가진 모든 자원을 동원해 준비했고, 병찬은 그 모든 인물 사이에서 위험을 감수하며 목표한 일을 하려 애쓰고 있었다. 이들 모두는 자신이 원하는 목표를 이루기 위한 모든 준비를 끝냈다.

19화

조대식과 진승일 일당은 장 박사의 연구소에서 멀찌감치 떨어진 곳에 모였다. 병찬도 그 자리에 함께 있었다. 병찬은 진승일에게도 미리 준비한 연구소 내부 지도를 전달했다. 그들은 전달해 준 연구소 내부 지도를 기반으로 장 박사의 연구소를 보며 대화를 나눴다. 그 뒤에서는 부하들이 칼과 둔기 등으로 무장하고 긴장된 얼굴로 싸울 준비를 하고 대기하고 있었다. 진승일이 먼저 조대식에게 말했다.

"저희가 연구소 우측으로 조심스럽게 우회해서 후문으로 들어갈게요. 조 사장님은 저희가 후문에 도착하면 그때 정문으로 가서 동시에 흔들어 보시죠."

조대식이 답했다.

"그렇게 하시죠. 그 누구보다 진 이사님께서 많이 고민하셨을 테니. 저희도 같이 따르겠습니다. 잘 해보시죠."

진승일은 침착한 모습으로 부하들에게 지시를 내렸다.

"우리는 오른쪽으로 돌아서 후문 쪽으로 간다. 우리가 연구소 내부에 들어가면, 혼란을 이용해 돈을 찾아내고, 최대한 빠르게 빠져나온다. 모든 것이 계획대로 진행되어야 한다. 돈 찾으면 포상은 확실히 해준다."

그리고 조대식을 바라보며 말했다.

"조 사장님, 여전히 저에 대해 의심하고 있는 것 압니다. 하지만 믿어주세요. 이거 저 혼자 다 먹을 수 있었습니다."

조대식의 신뢰를 얻기 위해 다시 한번 강조했다. 조대식은 한쪽 입꼬리를 올리며 냉소적인 웃음을 지으며 답했다.

"이번에 같이 힘을 모아서 30억 잘 가져와 봅시다."

하지만 조대식은 언제든 배신이 일어날 수 있다는 생각으로 여전히 경계를 풀지 않았다. 그는 병찬에게 손짓하며 지시를 내렸다.

"병찬 형사님, 안으로 들어가서 진행 상황 수시로 보고해요. 만약 허튼 생각을 하면 가장 먼저 죽는 사람이 누군지 알죠?"

병찬은 먼저 연구소로 출발했다. 연구소로 향하는 길에서 그의 마음속은 불안감이 가득했다. 이 작전이 성공할 수 있을지, 그리고 자신이 끝까지 살아남을 수 있을지에 대한 확신이 없었다. 그의 심장은 빠르게 뛰었고, 손은 땀으로 젖어 있었다. 병찬은 자연스럽게 연구소로 들어갔다. 들어가니 박 전무가 환하게 웃으며 그를 맞이했다.

"형사님 덕분에 준비를 잘 마칠 수 있었어요. 마지막까지 잘 해보시죠."

병찬은 그의 환대에 가벼운 미소를 지으며 대답했다.

"이 정도는 당연히 해야죠. 이제 곧 조대식과 진승일 일당이 몰려올 겁니다. 준비하셔야 합니다."

"네, 걱정하지 마세요. 작전대로 형사님은 저기서 대기하셨다가 B통로로 유인해 주시면 됩니다."

박 전무의 말투에는 자신감이 있었다.

"네. 그럼 잘 마무리하고 뵙겠습니다."

병찬은 심각한 표정을 지으며 정한 위치로 먼저 이동했다.

그러나 병찬이 떠나자마자, 박 전무는 경호원 중 한 명을 불러 작은 목소리로 말했다.

"저놈, 은밀히 잘 감시해. 특히 그가 우리 계획을 어지럽히려고 행동하면 즉각 보고해라. 비상 상황에서는 필요하면 제압해도 좋다."

경호원은 고개를 끄덕이며 답했다.

"네, 알겠습니다, 전무님."

진승일 일당은 먼저 외곽에서 드러나지 않게 조심스럽게 움직였다. 그들은 보안 카메라의 사각지대를 이용해 접근하며, 작은 소리에도 민감하게 반응했다. 진승일 일당이 어느 정도 이동하자 조대식 일당은 연구소 정문으로 천천히 다가갔다. 그런데 조심스럽게 다가가기는커녕 몇몇은 가볍게 농담을 주고받는 듯했다. 그들이 점점 더 정문에 가까워지고 있었고 이 상태라면 발각될 위험이 너무도 컸다. 정문의 적막함이 오히려 그들을 더욱 잘 드러나게 했다. 이 모습을 바라본 진승일은 긴장했다.

"뭐야! 저 새끼들. 우리가 후문에 도착할 때까지 기다릴 것이지. 그리고 왜 저렇게 대놓고 걸어가는 거야?"

진승일은 부하들을 멈춰 세운 후 조대식 쪽을 바라보게 하고 조용히 지시했다.

"야. 조대식이 정문에서 걸려서 싸움이 일어나면, 우리도 바로 도우러 간다. 다들 준비해."

진승일 일당은 언제든지 무기를 뽑아 들 준비가 되어 있었고, 작은 소리에도 모두가 움찔하며 신경을 곤두세웠다. 하지만 진승일의 불안감과는 달리 조대식 일당을 막아서는 이들은 없었고, 그들은 정문 앞까지 도달했다. 진승일 일당은 여전히 싸움이 일어났을 때 뛰어 들어가기 위한 준비를 했다.

잠시 적막이 흐를 때쯤 거대한 금속 문이 열리며 마찰음이 울려 퍼졌다. 문이 천천히 열리며 공간을 가로지르는 소리가 마치 경고음처럼 들렸다. 장 박사 연구소의 문이 열리는 소리였다. 열린 문으로 박우선 전무가 천천히 걸어 나왔다. 연구소 로비 불빛 아래에서 그의 차가운 안경테가 희미하게 반짝였다. 박 전무는 조대식을 향해 반가운 미소를 지으며, 주머니에 넣었던 손을 꺼내 악수를 청했다.

"조 사장님, 정말 오랜만입니다. 그동안 잘 지내셨죠?"

조대식은 특유의 거친 미소로 잠시 그를 지켜보다가 그 손을 잡았다.

"아이고, 차기 희망재단 이사장님, 반갑습니다."

두 사람은 짧지만 강하게 악수를 나눈 뒤, 가볍게 포옹했다.

"저는 박 전무님만 믿겠습니다. 바로 돈 가지러 가시죠."

박우선은 대답 대신 웃음으로 답했다. 그 미소 안에는 무엇인지 알 수 없는 계산이 숨겨져 있었다.

조대식과 박우선은 이미 오래전부터 서로의 가장 어두운 면을 공유하며 공생해 왔다. 박우선은 한때 조대식에게 사람과 장기를 사서 해외로 되파는 일을 하며 큰돈을 만졌다. 그러나 박우선에게는 돈만으로는 부족했다. 그는 사람들에게 존경받는 성공한 사업가라는 사회적 명예를 갈망했다. 그러던 어느 날, 뉴스에서 본 헤드라인은 '연구소 폭발사고, 날아간 시간여행의 꿈' 그의 흥미를 강렬하게 자극했다. 터무니없지만 박우선의 관심을 끌었다. 그는 즉시 장 박사에 대한 뒷조사를 시작했다. 장 박사의 연구는 절망적인 상태였다. 폭발사고로 연구자금은 끊겼고, 실험 대상조차 구할 수 없는 막다른 골목에 있었다. '연구소의 대표나 한번 해볼까?' 박우선은 장 박사의 연구소 문을 두드렸다. 장 박사는 이미 절박함의 끝에 있었다. 지푸라기라도 잡고 싶은 심정이었고, 박우선은 그런 장 박사를 능숙하게 이용했다. 그는 자신이 직접 나서지 않고, 조대식을 통해 실험 대상자를 공급하기 시작했다. 그렇게 박우선은 장 박사와 동행했다. 박우선은 당장 발톱을 드러내진 않았지만, 장 박사가 결국 연구에 성공하면, 그 성과를 이용해 자신이 명예와 존경을 모두 가져올 계획을 세우고 있었다.

한편, 박 전무의 예상치 못한 행동을 CCTV로 바라보던 병찬의 얼굴이 하얗게 질렸다. 등줄기를 타고 차가운 땀이 흐르기 시작했다. 그의 머릿속엔 경고음이 울렸다. '설마, 박 전무가 조대식과 내통한 건가?' 그는 급히 뛰쳐나가 박우선 쪽으로 달려 나갔다. 빠르게 다가가는 발소리만큼이나 병찬의 심장도 요동치고 있었다.

"박 전무님, 이게 무슨 상황입니까!"

병찬이 소리쳤다. 그 순간 뒤에서 박 전무의 부하가 병찬의 머리를 가격했다. 병찬은 외마디 비명을 지르고 쓰러졌다. 박 전무는 인상을 찌푸리며 혼잣말로 중얼거렸다.

"난 네가 제일 의심스러워. 나랑 저 새끼들이랑 싸우게 해서 지치게 한 다음 돈을 가져갈 생각 아니었어? 난 네가 머리

굴리고 있는 것 다 알고 있었다고."

조대식이 거들었다.

"멍청한 놈. 쯧쯧."

조대식은 박우선 전무를 따라 들어가다가 잠시 멈춘 뒤, 진승일을 향해 뒤돌아 환하게 웃으며 비꼬듯 손을 흔들었다.

"이 씨발! 조대식하고 병찬이 뒤통수를 쳤다. 우리도 지금 당장 뛰어 들어간다!"

진승일은 뒤늦게 정문 쪽으로 무기를 들고 뛰기 시작했다. 진승일은 당황했다. 조대식이 먼저 돈에 접근하면 본인의 계획이 틀어질 수 있었기에 재빨리 부하들과 정문으로 향했다. 그때 박 전무는 문을 빠르게 닫고 잠갔다. 철컥 소리와 함께 문이 잠기자, 뒤따라 급하게 들어오려던 진승일 일당은 문밖에서 어찌할 바를 모르고 있었다. 진승일은 문을 세게 발로 차며 분노했다.

"이 쥐새끼 같은 새끼야. 하, 씨발! 또 속았네. 저 씹새끼. 내가 저 새끼는 꼭 죽인다. 어후!!!"

그러면서 부하에게 귀로 무언가를 속삭였다.

박우선 전무는 조대식 일당을 이끌고 돈이 보관된 곳으로 향했다.

"이쪽입니다. 따라오세요."

좁은 복도, 끝없이 늘어선 철문과 기계장치 사이를 지나자, 조대식의 등골에 본능적인 긴장감이 솟구쳤다. 박 전무의 여유로운 태도가 오히려 불안함을 안겨주었다. '일이 순조롭게 풀린다는 건, 뭔가 있다는 건데…' 그는 박 전무의 부하들과 주변을 살피며 만약을 대비한 계획을 머릿속으로 구상했다. 그렇게 10분쯤 걸었을까, 복도 끝의 두꺼운 문 앞에서 박 전무가 걸음을 멈췄다.

"바로 여깁니다."

박 전무가 태연하게 보안장치를 해제하자, 철제문이 묵직한 소리와 함께 열렸다. 그 안에 가득 쌓인 엄청난 현금다발과 귀금속의 광채가 사람들의 눈을 사로잡았다. 족히 100억은 넘어 보이는 돈의 산을 마주한 부하들이 참지 못하고 탄성을 질렀다. 조대식 역시 순간 미소가 번졌다. 조금 전의 불안은 금세 녹아내렸다.

"진승일이 오기 전에 빨리 옮긴다! 서둘러!"

그 순간 분위기가 차갑게 얼어 붙었다.

"서두를 필요 없습니다, 조 사장님."

차갑게 가라앉은 목소리로 박 전무가 말했다. 그리고 그의 부하들이 앞뒤로 조대식 일당을 순식간에 에워쌌다. 박 전무의 얼굴은 차가웠다. 이내 조대식의 미소가 사라졌다.

"이 씨발 새끼가… 믿을 놈 하나 없군. 이거 진승일만 이득 보게 생겼네."

박 전무는 안경을 밀어 올리며 냉담히 입을 열었다.

"저기 있는 돈은 결국 다 제 돈입니다. 희망재단 이사장 자리도 꽤나 좋은 제안이었는데, 하나만 선택하기엔 너무 아쉽더라고요. 그래서 둘 다 갖기로 했습니다"

조대식은 품에서 칼을 빼 들었다. 그의 입에서 분노 섞인 고함이 터져 나왔다.

"너 정말 큰 실수하는 거야. 죽어서 정신 차릴래?"

박 전무는 한쪽 입꼬리를 올리며 냉소했다.

"말 많네. 처리해!"

말이 떨어지기 무섭게 그의 부하들이 조대식 일당에게 무섭게 달려들었다.

"으악!"

"크어억!"

"저 개새끼들을 죽여 버려!"

좁은 돈 보관실에서 피비린내 나는 난투가 벌어졌다. 칼과 둔기가 서로 부딪히며 날카로운 쇳소리가 귀를 찢었다. 현금 다발과 귀중품으로 피가 튀기 시작했다.

"살려줘!"

"씨발, 끝까지 버텨!"

"절대 밀리지 마!"

복도는 이미 아수라장이었다. 양측의 수십 명이 한 치도 물러설 수 없는 처절한 혈투를 벌이며 서로의 살점을 도려냈다. 싸움이 계속될수록 사람들은 지쳐갔지만, 누구 하나 쉽게 쓰러지지 않았다. 욕설과 비명이 복도를 가득 채웠다. 조대식의 일당은 조금씩 밀리고 있었고, 벽과 바닥에 번진 핏자국 위로 박 전무의 일행들이 조여 오기 시작했다. 조대식은 피 묻은 칼을 움켜쥐며, 이를 악물고 마지막 힘을 짜내며 버텼다.

20분 후. 갑자기 차 한 대가 굉음을 울리며 연구소로 빠르게 돌진했다. 굉음을 울리며 달려오던 차량은 연구소 앞에서 멈추지 않고 그대로 정문을 돌파했다. 큰 파열음이 났고 도미노처럼 부서지는 소리가 지속해서 들려왔다. 파편과 먼지가 흩날리는 가운데, 연구원들은 예상치 못한 상황과 경고음 속에서 공포에 휩싸였다. 그 누구도 돌진하는 차량을 막을 시간조차 없었다. 자욱하게 낀 먼지가 조금씩 가라앉자, 진승일이 손수건으로 코를 가리고 먼저 천천히 연구소 안으로 들어갔다. 인상을 쓰며 이곳저곳을 살펴보더니 부하들에게 지시했다. 진승일은 인상을 쓰면서 소리쳤다.

"에이 씨, 왜 이렇게 일을 크게 만들어서 피곤하게 할까."

그리고 부하들에게 소리쳤다.

"얼른 돈 찾아와!"

진승일의 부하들은 빠르게 움직였다. 굉음으로 인해 쓰러졌던 병찬도 정신을 차렸다. 가격 받았던 뒤통수를 손으로 감싸안은 채, 돈이 있는 곳으로 급히 향했다. 근처에 다다르자 엄청난 혈투의 흔적이 남아 있었고, 수십 명이 쓰러져 있었다. 아픔에 허덕이는 신음소리와 함께 누군가는 살려달라고 외치고 있었다.

진승일 일당은 거침없이 진격했다. 5분여 정도를 달리자, C-40룸이 보였고, 조대식과 그의 부하들이 피투성이가 된 채 서 있었던 것이 시야에 들어왔다. 이미 그들은 박 전무와 치열한 싸움을 치른 상태였다. 진승일과 조대식은 서로 눈이 마주쳤고, 진승일은 가까이 다가가다가 멈췄다. 그리고 급히 뛰어오느라 지쳐서 잠시 숨을 골랐다.

"조 사장님, 몰골이 말이 아니네요?"

진승일은 한쪽 입꼬리를 올리며 놀리는 말투로 말했다.

"자, 여기 돈이 있으니까, 같이 잘 가져가서 나눕시다. 박 전무는 내가 다 처리했으니, 우리를 막는 사람은 없을 거고…"

조대식은 자존심이 상했지만, 지금 이 상황에선 진승일과 싸워서 이득 될 것이 없었다.

"어라? 돈이 30억이 아니었네요?"

본인이 알고 있던 정보보다 더 큰 돈이 있는 것을 본 진승일은 입가에 미소를 지었다. 그리고 부상당한 채 쓰러져 있는 조대식과 그 부하들을 보고 잠시 고민했다. '조대식을 살리는 것보다는… 내가 다 가져가는 것이 훨씬 이득이지.' 조대식이 재단과 협력해 준다면 훨씬 수월할 수 있다는 생각을 했지만, 결국은 자신의 계획에 위협이 될 수 있다는 확신에 이내 마음을 굳혔다.

"조 사장님. 앞에서 길 터주느라 고생했어요. 이렇게 저 도와주려고 못 들어오게 한 거예요? 쥐새끼처럼 날 속여먹더니 꼴 좋습니다."

진승일은 조대식에 대해 쓴소리를 내뱉었다. 조대식은 쓴웃음을 지으며 말했다.

"역시 관상은 과학이야, 이 씨발 쓰레기 새끼야."

조대식의 치아에는 피가 한가득 묻어 있었고, 그의 눈에는 여전히 살기가 서려 있었다. 진승일이 옅은 미소를 지으며 말했다.

"네 운명도 여기까지야."

곧바로 턱짓으로 신호를 주자 부하들이 쇠파이프와 곤봉을 움켜쥐고 앞으로 나섰다. 조대식이 비틀거리며 욕을 뱉었다.

"에이 씨발! 다 죽여 버릴 기야!"

그는 기합을 넣어 칼을 휘둘렀지만, 칼끝은 허공을 갈랐다. 조대식은 절대 굴복하지 않겠다는 의지를 보여주고 있었다. 그러나 조대식과 그의 부하들은 이미 너무 지쳐 있었고, 수적으로 큰 열세였다. 진승일의 부하들이 조대식의 부하들에게 달려들었고 그들은 금세 제압당해 조대식 혼자만 남게 되었다. 피범벅이 된 조대식은 벽에 등을 대고 주저앉은 채 칼을 힘없이 쥐고 있었다. 진승일은 조대식이 손에 쥔 칼을 발로 툭 차내며 비웃었다.

"조 사장님, 욕심이 과하면 이렇게 되는 겁니다."

그는 두 손으로 무릎을 짚고 조대식 눈높이에 맞췄다. 손가락 하나로 조대식 이마를 콕콕 두드리며 조롱하듯 웃었다.

"퉤."

조대식은 피를 토하며 침을 뱉었다. 붉은 침방울이 진승일의 얼굴에 튀었다.

"에이 씨!"

진승일은 주머니에서 흰 손수건을 꺼내 천천히 닦았다. 진승일은 불쾌해하기는커녕 오히려 즐거운 듯 입꼬리가 더 올라갔다. 잠시 후 진승일은 조대식의 손에서 치웠던 칼을 다시 들고 와서 조대식의 등 뒤로 가 얼굴을 잡은 뒤 그의 목을 그었다. 칼날이 목을 스치는 순간, 뜨거운 피가 앞쪽으로 분수처럼 솟아올랐다. 조대식은 그대로 쓰러졌고 진승일은 조대식의 얼굴 앞으로 다가와 쪼그려 앉아 집중해서 쳐다보았다. 진승일은 얼굴을 들여다보며 속삭이는 듯 숫자를 세었다.

"셋… 둘… 하나."

조대식의 숨이 끊기자, 진승일은 희열을 느끼며 부하들을 보며 얘기했다.

"표정 봤냐? 생사가 갈릴 때 눈, 호흡, 근육 떨림… 이런 게 진짜 예술이야."

뒤에 서 있던 부하들은 말없이 시선만 떨궜다. 바닥엔 식어 가는 피 냄새가 스멀거렸다. 그때 병찬이 도착해 진승일에게 다가왔다. 병찬의 머리 뒤편에는 피가 흐르고 있었다.

"진 이사님, 조대식과 박 전무를 제가 함정으로 잘 처리했습니다. 여기 있는 돈 이제는 진 이사님 것입니다."

병찬은 냉정한 표정을 유지하려 했지만, 그의 눈빛에는 흔들림이 엿보였다. 진승일은 가만히 병찬의 얼굴을 유심히 살펴보다가 만족스러운 미소를 지으며 병찬의 어깨를 가볍게 토닥였다. 여전히 진승일의 한쪽 손에는 조대식의 목을 그었던 칼이 들려있었다.

"잘했어요. 진작 이렇게 했어야지."

진승일은 주변 부하들에게도 병찬을 칭찬하며 손뼉을 치라고 지시했다. 부하들은 함께 손뼉을 쳐주었다. 박수에는 조롱도 섞여 있었다. 본능적으로 위험을 느낀 병찬은 진승일에게 돈을 다 가져가라고 말한 뒤, 급히 준혁과 장 박사가 있는 쪽으로 향하려 했다. 그 순간, 등 뒤에서 뜨거운 액체가 흐르는 것이 느껴졌다. 진승일이 칼로 그의 등을 찌른 것이었다. 병찬은 등을 잡고 쓰러졌다. 진승일은 쓰러진 병찬에게 더 가까이 다가가며 말했다.

"형사님, 어딜 가려고 그래? 나 때문에 고생 많이 했어요. 희성 형사님과 하늘나라에서 함께 잘 지내보시길 바랍니다."

진승일은 차갑게 말하며 병찬의 목을 그었다. 진승일은 함박미소를 지으며 병찬의 죽어가는 모습을 살폈다. 병찬은 죽어 가며 마지막으로 중얼거렸다.

"우리 강운이… 내 아들… 저 돈이면 우리 아들 지킬 수 있는 데… 그리고 희성아 미안하다."

병찬의 시선이 흐릿해지면서, 연구소의 어딘가에서 울려 퍼지는 경고음이 그의 귀에 마지막으로 들려왔다.

한편, 장 박사는 CCTV에서 박 전무가 조대식에게 당하는 장면, 병찬이 진승일에게 당하는 장면을 모두 지켜보고 있었다.

"박 전무와 병찬 형사가 모두 실패했군…"

장 박사는 작게 중얼거리며 깊은 한숨을 내쉬며 상황의 심각성을 깨달았다. 장 박사는 타임머신을 가동시키며 긴장된 눈빛으로 모니터를 바라보고 있었다.

"준혁 씨, 이제 시작하겠습니다. 타임머신에 앉아 주세요. 계획보다 조금 일찍 진행합니다."

장 박사는 준혁에게 이러한 불안감을 보이지 않으려 애썼다. 하지만 이대로 모든 것이 무너질 수 있다는 생각이 그를 잠식하기 시작했다. 그는 빠르게 판단을 내리기 위해 머리를 굴렸다. 준혁은 연구원들과 함께 실험실로 이동했다. 중앙에는 거대한 타임머신이 자리 잡고 있었고, 주변의 모니터와 제어 장치들이 복잡하게 연결되어 있었다. 연구소 안에 울려 퍼진 경고음과 연구원들의 평소와는 다른 모습이 준혁에게는 큰 불안함을 안겨주었다. 그는 타임머신 앞에 서서 깊은숨을 내쉬었다. 망설인 끝에, 그는 결연한 표정으로 타임머신에 앉았다. 그러나 타임머신에 앉은 준혁을 바라보는 장 박사의 눈빛은 점점 변화하고 있었다. 그의 눈빛에는 알 수 없는 음험함이 뒤섞여 있었다. 그는 준혁을 위해 모든 것을 바친다고 말했지만, 그의 마음속에는 또 다른 의도가 숨어 있는 듯했다.

20화

준혁은 시간여행을 위한 마음의 준비를 마쳤다. 그는 부모님을 살리고 진실을 확인하기 위해 과거로 돌아가겠다는 결심을 굳혔지만, 연구소의 혼란이 그의 계획에 큰 변수가 될 수 있음을 느꼈다. 장 박사와 연구원들은 여전히 뭔가를 하려 애쓰고 있었고, 연구소 내부의 혼란은 점점 더 커져만 갔다.

"박사님, 저 이제 준비되었습니다. 시작하시죠."

준혁은 떠날 마음의 준비를 마치고 장 박사를 향해 말했다. 하지만 장 박사는 답이 없었다. 준혁은 장 박사가 있는 조정실로 눈을 돌렸다. 장 박사는 분노가 섞인 얼굴로 CCTV 화면을 응시하고 있었다. CCTV에는 진승일의 부하들이 히죽거리며 그동안 장 박사가 모아놓은 돈과 귀중품들을 옮기는 모습이 담겨 있었다. 그와 동시에 진승일과 부하들은 준혁과 장 박사를 찾기 위해 연구소 안을 뒤지고 있었다.

"박사님. 준비되었습니다!"

준혁은 평소와는 다른 장 박사의 모습에 다시 한번 불안해하며 말했다. 그제야 장 박사는 정신 차린 듯 준혁을 바라보며 답했다.

"네, 그럼 시작하겠습니다."

장 박사는 서둘러 옆에 있는 연구원을 돌아보며 말했다.

"계획을 변경한다. 지금 즉시, B플랜이 아니라 A플랜으로 전환해."

연구원은 당혹감을 감추지 못했다.

"박사님, A플랜은 아직 테스트가 완벽히 끝나지 않았습니다. 지금 상황에서 무리하게 진행하는 건 너무 위험합니다."

연구원은 잠시 망설이더니 급히 덧붙였다.

"그리고 박사님도 아시잖아요. 실제로 과거가 바뀌게 된다면, 지금 우리가 있는 현실 자체가 어떻게 변할지 알 수 없습니다. 연구소도, 우리가 이룬 모든 것도…"

장 박사는 냉담한 표정으로 연구원의 말을 끊었다.

"지금 그런 말을 할 때야? 밖이 어떤 상황인지 못 봤어? 얼마 지나지 않아 저들이 여기까지 올 거야. 그렇게 되면 우린 모든 걸 잃게 돼. 지금이야말로 우리에겐 A플랜밖에 없다. 실패하더라도 어쩔 수 없어. 이게 최선이야. 준비해."

두 사람의 대화는 스피커를 통해 준혁의 귀에도 선명하게 들려왔다. 그러나 준혁은 조금도 불안하지 않았다. 오히려 미묘한 안도의 미소가 그의 입술 끝을 스쳐 갔다.

준혁의 머릿속엔 얼마 전 백주영 박사와의 만남이 다시 떠올랐다. 그날, 백 박사는 준혁을 똑바로 바라보며 단호하게 말했었다.

"장 박사는 과거를 바꾸는 걸 가장 두려워합니다. 과거가 변하면 지금의 현실도 송두리째 달라지니까요. 그가 쌓아온 모든 자산과 데이터는 한순간에 물거품이 될 수 있죠. 그는 결코 진짜 과거를 바꾸려 하지 않을 겁니다."

준혁이 진지하게 물었다.

"그렇다면, 저는 어떻게 해야 합니까? 전 무슨 일이 있어도 과거를 바꿔야만 합니다."

백 박사는 잠시 의미심장하게 준혁을 응시하더니 입을 열었다.

"방법은 간단해요. 장 박사가 어쩔 수 없이 과거를 바꾸게끔 만들어야 합니다."

"그게 무슨 뜻입니까?"

백 박사의 눈빛이 날카로워졌다.

"장 박사가 지금 손에 쥔 모든 걸 당장 잃을 위기에 처하게 된다면 어떨까요? 현실을 바꾸지 않으면 절대로 빠져나갈 수 없는 막다른 상황으로 몰리면 장 박사는 어떻게 행동할까요? 이 정도면 충분히 이해하실 거라 생각합니다."

그때 준혁은 고개를 끄덕였다.

"네. 충분히 이해했습니다."

동시에 며칠 전, 병찬 형사가 연구소에 찾아왔을 때 했던 회의 장면이 빠르게 머릿속을 스쳐 갔다. 준혁은 회의가 시작되기 전, 이미 치밀한 계획을 세워두었다. '장 박사를 내 뜻대로 움직이려면 병찬을 이용해야 해.', '병찬은 진승일과 연결되어 있다. 그렇다면 병찬을 통해 장 박사가 돈을 숨긴 위치가 유출될 것이고, 그 정보는 곧 진승일과 조대식에게 전달된다.', '둘은 돈을 가지려 쳐들어올 테고, 박 전무가 그들을 막아낼 것이다. 둘 다 욕심이 많아 반드시 충돌할 것이고, 결국 둘 중 한 명은 죽는다. 어차피 한 명만 살아남으면 된다.', '살아남은 한 명이 돈과 장 박사의 목숨을 동시에 노린다면, 장 박사는 위기에 빠지고, 난 원하는 걸 얻을 수 있다.'

준혁은 만약의 가능성까지 염두에 두었다. '만약 병찬만 남는다면? 낮은 확률이지만, 그 역시 돈을 노릴 것이다. 그래서 괜찮아. 다만 박 전무 혼자 살아남는다면 위험하다. 하지만 진승일과 조대식 둘을 모두 감당하긴 힘들 것이다. 확률이 높은 쪽에 베팅하자.' 모든 판단이 선 후, 준혁은 그날의 회의를 더 적극적으로 주도했다. 그리고 지금 준혁의 예측은 적중했다. 장 박사는 자신이 쌓아온 모든 것이 허무하게 무너지는 것을 지켜볼 수밖에 없었다. 이제 그에게 남은 선택지는 하나

뿐이었다.

장 박사는 옆에 있는 연구원들에게 시스템 가동을 지시했다. 연구원이 시스템을 가동할 때 경고음이 울리기 시작했다. 진승일의 차량 돌진으로 연구소의 전력 공급이 불안정해지면서 장비들이 오작동하기 시작한 것이다. 장 박사는 예상치 못한 위기 속에서 모든 것이 무너질 수 있다는 생각에 급하게 대응책을 마련하려 했지만, 타임머신의 전력 공급이 불안정해지면서 기술적인 문제들이 계속 발생했다. 그는 재빨리 시스템을 재조정해 갔다. 일부 기계가 손상되어 타임머신의 가동이 치명적인 오류를 초래할 수 있는 상황이었다. 전력 공급 문제로 인해 과거로의 여행 중 비정상적인 시공간 변동이 발생할 가능성도 있었으며, 이는 준혁의 안전에도 심각한 위협이 될 수 있었다. 경보음이 울렸지만, 장 박사는 중단하지 않았다.

장 박사는 연구원들과 의견을 나눈 뒤, 시간여행을 성공시키기 위해 비상 전략을 사용해 타임머신을 강제로 가동하기로 결정했다. 그는 실패할 경우 준혁뿐 아니라 자신도 모든 것을 잃게 될 수도 있었다. 그의 눈에는 결연함과 동시에 불안감이 서려 있었다. 만약 이 계획이 실패한다면 모든 것이 무너질 수 있다는 두려움이 그의 마음을 계속 괴롭혔다. 연구원들은 각자의 자리에서 준비를 마쳤고, 준비가 된 연구원들은 장 박사에게 완료됐다는 신호를 보냈다. 장 박사는 준혁에게 마지막으로 말했다.

"이제 모든 것은 당신의 결심과 정신력에 달렸습니다. 절대 흔들리지 말고, 여기에 정신을 집중하세요."

기계가 작동을 시작하며 연구소 내부에 거대한 소음이 울려 퍼졌다. 기계의 빛이 깜빡이며 점점 강해지고, 모든 것이 긴박하게 돌아가기 시작했다. 준혁은 눈을 감고 마음을 가다듬었다. 이제 그의 여정이 시작될 순간이었다.

"자, 이제 시작합니다."

장 박사가 말했다.

"당신이 과거로 돌아가 어떤 선택을 할지는 오직 당신에게 달려 있습니다. 그 선택이 무엇이든, 결과에 책임을 져야 할 것입니다. 그리고… 꼭 성공해 주세요!"

장 박사의 말과 함께 타임머신의 문이 닫혔다. 준혁은 긴장된 표정으로 눈을 감았다. 그는 부모님을 다시 만날 수 있다는 희망과 동시에, 그 선택이 가져올 수 있는 무거운 책임감을 느끼고 있었다. 타임머신이 돌아가기 시작하자 거대한 소음이 연구소 전체를 뒤흔들었다. 기계가 빠른 속도로 돌아가기 시작하면서 준혁은 자신이 선택한 길이 옳기를 바라는 마음으로 눈을 감았다. 타임머신의 엔진 소리가 커지며 주위가 빛으로 감싸였다. 타임머신 내부는 점점 더 강렬한 빛으로 가득 찼다.

하지만 잠시 후, 전력 공급이 완전히 끊어지면서 연구소는 어둠 속에 휩싸였다. 기계들은 멈추고, 전구들이 하나둘 꺼졌다. 비상 경보음이 다시 울리기 시작했고, 진승일 일당도 순간적으로 경계하며 멈춰 섰다. 어둠 속에서 각자의 호흡 소리와 기계의 잔향만이 남아, 긴박한 정적이 연구소를 감쌌다. 연구소의 어둠 속에서 울리는 경보음과 함께 각자의 욕망과 갈등이 뒤엉키는 이 순간, 그들의 운명은 어디로 향할지 아무도 알 수 없었다. 그렇게 3분 정도가 지났을까, 전력이 다시 들어오기 시작했다. 멈춰 있던 기계가 다시 빠르게 돌아가기 시작했고, 연구원들은 재빨리 여러 장비들을 체크하고 있었다. 장 박사는 긴장된 얼굴로 모니터를 응시하며 다시 한번 모든 것이 제대로 돌아가고 있는지 확인했다. 그의 마음속에는 여전히 불안감이 가득했지만, 그럼에도 불구하고 성공을 위해 최선을 다해야 한다는 의지가 그를 붙잡고 있었다.

한편, 진승일과 그 일당들은 마침내 장 박사가 있는 곳을 발견하고 곧바로 실험실로 들어섰다. 장 박사는 연구원들과 함께 있었지만, 진승일이 들어오자 여전히 컴퓨터 모니터를 응시하며 진행 상황을 살피고 있었다. 건너편 유리 너머로 준혁이 타임머신에 앉아 있는 모습을 발견했다. 진승일은 유리로 최대한 가까이 다가가 준혁을 관찰했다. 타임머신에 앉아 가만히 숨만 쉬고 있는 그의 모습은 마치 깊은 잠에 빠진 듯했다. 진승일은 이 모습이 신기하면서도 의심스러웠다. 그는 타임머신이 실제로 존재한다는 것을 믿지 않았다. 그는 장 박사가 진짜 시간여행을 성공시킬 만한 기술은 없다고 확신했다.

"당신이 그 말로만 듣던 장 박사님이군요?"

그는 고개를 돌려 장 박사를 바라보며 물었다.

"시간여행이 진짜로 가능한 겁니까?"

장 박사는 아무런 대답도, 표정도 없었다. 진승일은 조정실 이곳저곳을 둘러보며 말을 이었다.

"제가 보기엔 장 박사님도 저랑 같은 부류로 보이네요. 돈이라면 사람 속이는 것부터 뭐든 하는 그런 사람 말이죠, 안 그래요?"

진승일의 도발적인 말에 장 박사는 반응하지 않고 계속 모니터를 확인하며 작업을 이어갔다. 진승일은 장 박사에게 가까이 다가갔다. 여전히 진승일의 손에는 조대식의 칼이 들려 있었다. 진승일이 칼로 책상을 천천히 그으며 장 박사에게 말했다.

"결국 이 타임머신도 모두 돈을 뜯어내기 위한 쇼잖아. 인제 그만 연기해도 될 것 같은데. 당신은 실패한 과학자일 뿐이니깐!"

장 박사는 순간 주변에 있던 둔기를 집어 들고 진승일을 내리치려 했다. 그의 눈에는 절망과 함께 마지막까지 자신의 연구와 명예를 지키려는 결연한 의지가 엿보였다. 그는 자신이 지켜온 자존심만은 지키고 싶었다. 하지만 진승일의 부하들이 재빠르게 반응해 장 박사의 공격을 막아냈다. 진승일은 몸을 피하며 말했다.

"아이 깜짝이야. 역시 이런 사람들은 틈만 나면 몰래 사람을 치려고 해. 그래서 더 방심하면 안 된다니까."

진승일은 부하들에게 붙잡혀 있는 장 박사의 복부를 빠르게 두 차례 찔렀다. 장 박사는 고통에 얼굴을 일그러뜨리며 바닥에 쓰러졌다. 그는 쓰러지면서도 여전히 무언가를 믿고 있는 듯한 눈빛을 보냈다. 그의 눈에는 이 모든 것이 끝난 것이 아니라, 아직 무엇인가가 남아 있다는 확신이 스쳐 지나갔다. 장 박사는 진승일을 향해 마지막으로 비웃으며 말했다.

"이게 끝난 것 같지? 곧 알게 될 거야…"

"뭐라는 거야, 이 미친놈이."

진승일은 한 번 더 장 박사를 찌른 후 죽어가는 모습을 유심히 관찰했다. 잠시 후 진승일의 시신은 준혁으로 향했다. 진승일은 장 박사를 찌른 칼을 흔들며 휘파람을 불었다. 그리고 타임머신에 앉아 있는 준혁에게 천천히 다가가기 시작했다.

21화

한편, 준혁은 실제로 과거로 이동했다. 타임머신은 실제로 작동했다. 테이프가 빠르게 되감아지는 것처럼 시간이 거꾸로 달리기 시작했다. 타임머신으로 시간의 왜곡 속을 지나며 준혁은 심한 어지럼증과 혼란을 겪었고, 잠시 동안 정신을 제대로 가다듬을 수 없었다. 그렇게 부모님이 살해당하는 시점으로 돌아갔고 그때부터는 더 천천히 시간이 되돌아갔다. 깨진 유리잔이 바닥에서 솟아올라 그 모습을 되찾고, 차혁진의 잔인한 행동에 부모님의 살해당하는 모습이 다시 되돌려지고, 차혁진이 부모님을 찾기 위해 카페를 이리저리 둘러보는 모습, 차혁진이 카페로 오는 모습이 지나갔다. 테라스 밖 도로의 자동차가 후진 기어를 넣은 화살처럼 스쳐 지나가고, 사람들의 움직임이 뒷걸음으로 재생됐다. 그 과정에서 준혁이 서 있는 주변에는 바람이 일어 부모님의 머릿결과 주변의 나뭇잎이 흔들렸다. 이질적인 바람으로 인해 부모님은 고개를 들어 하늘을 쳐다보았다. 이런 상황이 마치 꿈만 같았다.

이내, 정신을 차렸을 때 준혁은 회사 회의실의 긴 테이블 앞에 앉아 회의를 진행하고 있었다. 순간 준혁은 심한 두통과 메스꺼움이 몰려왔다. 그는 숨이 막힐 듯한 고통과 혼란을 느끼며 자리에서 벌떡 일어났다. 의자 뒤로 몸이 기우뚱했고, 위액이 끓어올라 그는 급하게 입을 막고 회의실 문 쪽으로 뛰어나갔다.

"으윽… 우욱!"

화장실까지 가지도 못한 채 복도에서 그는 구토했다.

"이사님, 괜찮으세요?"

주변 직원들이 깜짝 놀라 그에게 다가왔지만, 준혁은 바닥에 무릎을 꿇은 채 혼란스러움에 빠져 적응하지 못하고 있었다. 두 개의 서로 다른 의식이 몸속에서 충돌하며 머릿속을 어지럽게 만들고 있었다. 현재의 준혁과 미래에서 온 준혁의 의식이 뒤엉켜 격렬하게 부딪혔다. 정신을 잃을 정도로 어지럽고 고통스러웠지만 심호흡하며 이를 악물고 집중했다.

잠시 후 미친 듯이 뛰던 심장이 진정되었고, 숨을 고른 준혁이 천천히 고개를 들었다. 자신의 몸을 이리저리 살펴보며 손바닥을 확인했다. '이럴 수가… 과거의 내 몸으로 직접 들어온 건가? 분명 의식만 과거로 이동한다고 했었는데…' 준혁은 순간 장 박사가 마지막에 계획을 변경한 것을 기억했다. '그래, 장 박사… A플랜으로 변경한다고 했었지. 이게 그 결과구나.' 준혁은 급히 주머니에서 휴대폰을 꺼내 시간을 확인했다. '3시 30분… 아직 25분 남았어. 서둘러야 해.' 준혁은 지체

없이 회사 주차장으로 달려 내려갔다. 차에 올라탄 뒤 시동을 걸자마자 미친 듯이 도로 위를 질주했다. 손이 떨렸지만, 한시라도 빨리 움직여야 했다. 운전하며 급히 경찰서에 전화를 걸었다.

"네, 경찰서입니다."

"강력계 박희성 형사님 연결해 주세요. 긴급 상황입니다!"

"무슨 일 때문이죠?"

"희성 형사님과 관련된 사건입니다. 빨리요! 시간이 없습니다!"

잠시 후 희성이 전화를 받았다.

"예, 박희성 형사입니다. 무슨 일이시죠?"

"지금 곧 살인사건이 일어납니다! 신사동 '카페 테라스'로 빨리 와주세요! 25분 안에 막아야 합니다!"

희성은 혼란스러워했다.

"잠깐만요, 살인사건이라니요? 당신 누구죠?"

"곧 알게 될 겁니다! 제발 한 번만 믿어주세요! 당장 오지 않으면 사람이 죽습니다!"

급박한 외침 후 준혁은 다시 속력을 높였다. 아슬아슬하게 앞차들을 피해가며 질주했고, 준혁의 머릿속은 오직 부모님을 구해야 한다는 일념뿐이었다.

한편, 갑작스러운 전화를 받은 희성은 옆에 있는 병찬에게 말했다.

"형님, 방금 이상한 전화가 왔습니다. 25분 뒤에 살인사건이 일어난다는데요."

병찬이 잠시 생각한 후 말했다.

"장난일 수도 있지만 일단 출동하자. 장소는 어디래?"

두 사람은 급히 차를 몰아 준혁이 제보한 카페로 향했다. 준혁은 살해 30초 전 간신히 카페에 도착했다. 차를 급히 세우고 계단을 뛰어 올라갔다. 숨이 차올랐지만, 지체할 시간이 없었다. 그 뒤로 병찬과 희성의 차량도 급하게 정차했다. 준혁이 숨 막히게 뛰어 카페 2층 테라스에 도착했을 때, 이미 모자를 깊게 눌러쓴 차혁진이 부모님 앞에서 칼을 꺼내 들고 있었다.

"안 돼!!!"

준혁의 절규가 카페에 울려 퍼졌고, 차혁진의 시선은 준혁을 향했다. 그 순간 뒤따라오던 병찬이 테라스 문을 열고 들어가며 차혁진을 향해 총을 겨눴다.

"칼 내려놔!"

병찬과 차혁진은 서로를 노려보며 대치했다. 희성이 뒤따라왔고 병찬이 잠시 희성을 바라본 사이 차혁진은 부모님을 향해 칼을 휘두르려 했다,

'탕!'

순간 총성이 울렸다. 차혁진의 어깨에 총알이 박히고 그는 칼을 떨어뜨리며 비명을 질렀다. 그럼에도 다시 칼을 집으려 했고, 희성이 몸을 던져 그를 제압했다. 준혁은 부모님에게 달려가 그들을 끌어안았다. 하지만 부모님은 준혁을 보며 놀라움보다는 당혹감과 분노에 가득 찬 표정이었다. 차혁진은 붙잡힌 채 거칠게 소리쳤다.

"당신들이 무슨 짓을 했는지 알아? 내 딸 수연이는 어디 있어! 내 아내는 왜 죽였어!"

준혁의 부모님은 그 시선을 견디지 못하고 고개를 돌렸다. 준혁은 그 순간 모든 것을 직감했다. 평생 자신이 존경하고 사랑했던 부모님의 얼굴 뒤에 숨겨져 있던 잔혹한 진실을 깨닫고, 깊은 충격에 빠졌다. '아버지, 어머니, 정말 그런 거였어?' 준혁의 눈에 눈물이 고였고, 그 눈물 속엔 분노와 절망이 담겨 있었다. 순간 또다시 현재와 미래의 의식이 충돌하며 준

혁은 혼미해지기 시작했다. 결국 준혁은 테라스 바닥에 쓰러졌다.

"준혁아, 준혁아!!"

부모님의 다급한 목소리가 멀어져 가는 의식 속에서 희미하게 들려왔다.

그때, 장박사의 연구소에서는 진승일이 타임머신에 앉아있는 준혁에게 다가오고 있었다. 타임머신의 디스플레이에는 시간이 점점 줄어들고 있었다.

"이건 뭐야? 시한폭탄이라도 되는 건가? 참 신기한 기계들 많네."

진승일은 가만히 앉아있는 준혁의 뺨을 두드리며 비꼬듯 말했다.

"어이, 아드님. 일어나 보시지? 지금 안 일어나면 그대로 죽을 거야. 괜찮겠어? 너도 쇼하는 거야?"

진승일은 부하들을 바라보며 물었다.

"아까 그 돈 다 챙겼나?"

"네, 다 챙겨서 차에 실어 놓았습니다!"

한 부하가 답했다.

"그래, 잘했어!"

진승일은 만족스러운 미소를 지으며 준혁을 바라봤다.

"덕분에 30억뿐만 아니라 더 큰 돈도 벌었네. 이제 너만 없어지면 되겠어."

그는 칼을 들고 준혁의 복부를 찌르려 했다. 그 순간, 타임머신의 시간이 '0'에 도달했다. 경고음이 울리며 기계가 천천히 멈춰 섰다. 진승일은 경고음에 놀라 고개를 들었고, 갑자기 주변이 먼지처럼 소멸되기 시작했다. 진승일과 그의 부하들뿐만 아니라 죽어 있는 장 박사와 병찬, 조대식의 일당들도 마치 현실에서 지워지듯 몸이 함께 소멸되고 있었다. 진승일은 어떻게든 몸부림쳐 봤지만, 그도 예외는 아니었다. 그는 사라져 가는 자신의 손을 보며 경악하며 외쳤다.

"야? 뭐야! 안 돼!! 안된다고!!!"

얻은 것을 놓고 싶지 않은 간절한 그의 목소리도 결국 먼지처럼 사라졌고, 결국 모두 소멸하고 말았다. 그때 타임머신에 앉아 있던 준혁도 눈을 떴고, 동시에 먼지처럼 소멸하였다.

22화

한 달 뒤…

준혁은 여느 때와 같이 새벽 6시에 일어나 회사로 출근하고, 일하고, 저녁에 퇴근했다. 그의 얼굴에는 기쁨도 슬픔도 없었다. 감정이 사라진 듯한 무표정 속에서 준혁은 그저 일상을 반복하고 있었다. 퇴근 후, 준혁은 어느 집으로 향했다. 그곳은 준혁의 부모님 집이었다. 부모님은 준혁을 반갑게 맞아 주었다. 하지만 준혁의 얼굴에는 공허함과 갈등이 섞여 있었다. 부모님을 구한 것이 옳았는지에 대한 의문이 그의 마음을 무겁게 짓누르고 있었고 죄책감까지 들게 했다. 부모님의 얼굴에는 평화롭고 친절한 미소가 떠올라 있었다. 준혁이 과거에 기억하던 그 미소였다. 하지만 이제 그 미소는 준혁에게 더 이상 따뜻하게 느껴지지 않았다. 그 미소 이면에 감춰진 잔인함이 보이기 시작했기 때문이다.

"오랜만에 다 함께 저녁을 먹자."

준혁의 부모님은 오랜만에 준혁을 초대했다.

"오랜만이에요."

무표정으로 부모님께 인사를 드리고, 화장실로 가 손을 씻은 후 외투를 벗고 식탁에 앉았다. 준혁은 부모님의 이면에 숨겨진 잔인한 진실을 알게 된 후부터는 그들을 예전처럼 대할 수 없었다. 그들이 받은 존경은 거짓된 것이었고, 그들이 남겨놓은 상처는 너무 깊었다. 그들의 가식적인 미소 뒤에는 그들이 남들에게 가한 끔찍한 고통이 있음을… 식사가 시작되었다. 부모님은 오랜만에 만난 아들과의 식사를 즐기며 이것저것 이야기를 나누기 시작했다.

"우리 자선사업이 크게 성공했단다. 이번에도 누군가 큰 후원을 해줬어. 이제 더 많은 사람들을 도울 수 있게 됐지."

아버지가 자랑스럽게 말했다. 준혁은 그 말을 듣고 고개를 숙였다. 부모님의 목소리 속에는 자부심이 가득했지만, 준혁은 그들이 다시 누군가를 파멸로 몰아넣고 있다는 사실을 알고 있었다. 그 후원이 다른 사람들을 아프게 해서 얻어낸 돈이라는 것을. 예전 같았으면 크게 축하해 줬을 텐데, 실체를 알게 된 이상 그렇게 할 수 없었다.

"그래요… 대단하네요."

준혁은 형식적으로 답했다. 목소리에는 기쁨이 묻어나지 않았다.

"이번에 후원해 준 사람은 정말 고마운 분이야. 우리 덕분에 많은 사람들이 도움을 받을 수 있게 되었어."

아버지는 계속 말을 이어갔다. 그의 얼굴에는 성취감이 가득했다. 준혁은 밥을 한 숟갈 뜨며 대답했다.

"그렇군요. 좋은 일이네요."

그의 대답은 단조롭고 무미건조했다. 부모님은 준혁의 반응을 의아하게 생각했지만, 대수롭지 않게 넘겼다. 어머니는 흥분된 목소리로 말을 이으며 미소 지었다.

"그리고 이번에 정부에서도 우리 재단의 활동을 높이 평가해서 상을 줄 거라고 하더라. 이 얼마나 기쁜 일이니?"

준혁은 목 안에 밥이 걸리는 듯한 느낌이 들었다. '차혁진을 괴물로 만든 건, 부모님의 이런 모습이었잖아…' 그는 억지로 밥을 삼키며 고개를 끄덕였다.

"네, 축하드려요."

어머니는 계속해서 이야기했다.

"이 모든 게 우리가 꾸준히 노력해 온 결과야. 우리 가족이 이렇게 많은 사람들에게 선한 영향을 미칠 수 있다는 게 정말 자랑스럽구나."

준혁은 더 이상 그 자리에 앉아 있기가 힘들었다. 부모님의 자랑 섞인 목소리가 귓가에 맴돌며 그를 고통스럽게 했다. 그들의 눈에는 아무런 죄책감이 없는 것 같았다.

"아! 그리고 지난번에 우리를 죽이려고 했던 그놈. 오늘 구치소에서 자살했다고 하더구나. 나쁜 놈… 아무튼, 자! 오늘은 특별한 날이니, 우리 함께 축하하자."

아버지가 와인 잔을 들어 올리며 말했다. 준혁은 그 순간 미소조차도 지을 수 없었다. 가슴 깊숙이 밀려드는 역겨움과 고통이 그를 짓눌렀다. 그는 억지로 미소를 지으려 했지만, 입꼬리가 움직이지 않았다.

"잠시… 바람 좀 쐬고 와야겠어요."

준혁은 속삭이듯 말했다. 부모님은 잠시 당황했지만 고개를 끄덕이며 아무렇지 않게 대답했다.

"그래, 천천히 와라. 기다리고 있을게."

아버지는 잔을 내려놓으며 말했다. 그들은 준혁의 마음을 읽지 못했다. 준혁은 천천히 자리에서 일어나 주방 쪽으로 발걸음을 옮겼다. 그의 안에는 혼란스러운 감정들이 뒤섞이고 있었다. 부모님의 자랑은 그에게 더 이상 기쁨이 아니었다. 그저 괴로움일 뿐이었다. 잠시 부모님이 없는 곳으로 가니 혼란스러운 감정들이 잠시나마 잔잔해졌다. 주방에 도착해 한

참 동안 멍하니 서 있었다. 머릿속에는 부모님과의 대화가 계속해서 떠올랐다. 그들이 자랑스럽게 말한 자선사업, 그 안에 숨겨진 악행들… 준혁은 그들의 말을 들으며 그들이 자랑스럽다고 생각할 수 없었다. 그들은 악덕 살인자나 다름없었다. 준혁은 허리를 숙여 싱크대에 두 손을 짚었다. 주방의 싱크대 위에는 조명이 비쳐 반짝거렸다. 주변은 지나치게 호사스러운 인테리어로 가득 차 있었다. 그동안은 몰랐지만 이제야 그런 것들이 보이기 시작했다. '이 모든 게… 누구의 피 값이지?' 몸 안에서 무언가 끓어오르듯 심장이 뛰었다. 준혁은 멍하니 이곳저곳을 바라보았다. 그의 손끝이 떨리고 있었다. 준혁은 주방 안을 천천히 둘러보았다. 머릿속에서 부모님이 저지른 일들이 계속해서 떠올랐다. 그들이 남들에게 얼마나 큰 상처를 주었는지, 그 상처가 얼마나 깊은지를 떠올렸다. 거실에서는 아버지의 웃음소리가 다시 흘러왔다.

준혁은 주방 문을 열어 여러 도구를 살펴보았다. 그의 시선은 그중 하나에 멈춰 섰다. 칼꽂이의 스테인리스 칼날이 불빛을 받아 번뜩였다. 그곳에는 여러 칼들이 꽂혀 있었다. 꽂혀 있는 칼을 바라보며 준혁은 잠시 생각에 잠겼다. '그렇게 어렵게 부모님을 다시 살렸는데… 더 많은 사람들이 죽어가고 있네… 난 무슨 짓을 한 걸까?' 준혁은 칼을 꺼내 들고 강하게 움켜쥐었다. 그의 손에 힘이 들어갔고, 심장이 빠르게 뛰었다. 부모님을 향한 분노와 그들을 구했던 자신의 선택에 대한 후회가 그의 마음을 휘감았다. 하지만 준혁은 다시금 손을 떨며 칼을 내려놓았다. 준혁은 부모님께로 돌아가기 위해 거실로 향하려다 다시 뒤돌아섰다. '나도 이제 공범이구나.' 숨겨진 얼굴을 가진 부모. 그들이 저지른 모든 악행을 알면서도 그것을 계속하게 만들어 준 준혁. 이제는 준혁도 공범이었고, 숨겨진 얼굴을 가진 부모와 별 다를 바 없는 사람이었다. 다시금 준혁은 주방에 꽂혀 있는 칼을 유심히 바라보았다. 한참을 바라보다 뭔가 결심했는지 칼 앞으로 다가갔다. 그의 눈빛은 이전보다 차가워져 있었다. '다시 선택할 수 있다면, 난 같은 선택을 했을까?' 준혁은 천천히 칼을 손에 쥐었다. 차가운 금속의 감촉이 손끝에서부터 가슴까지 전해졌다. 칼을 가슴 안주머니에 넣고 몸을 일으켜 세웠다.

"결국 이렇게 되는구나."

준혁의 목소리는 허공에 떨려 퍼졌다. 과거를 바꾸기 위해 모든 것을 걸었지만, 운명은 다시금 같은 길로 그를 이끌었다. 심장은 미친 듯이 뛰었고, 머릿속에서는 부모님이 저지른 잔혹한 악행들이 마구 뒤엉켰다. 거실에서 부모님의 웃음소리가 다시 들려왔다. 준혁은 손에 쥔 칼을 더욱 강하게 움켜쥐고 천천히 거실로 향했다.

"준혁아, 어디 갔었니?"

어머니가 웃으며 물었다. 준혁은 침묵한 채로 천천히 식탁 쪽으로 걸어갔다. 그의 얼굴에는 더 이상 웃음도 슬픔도 없었다. 오직 무표정한 결의만이 남아 있었다.

"준혁아, 왜 그래? 표정이 이상한데?"

아버지가 불안한 기색을 보였다. 준혁은 아주 작게 속삭였다.

"미안해요."

그의 눈시울이 붉어지기 시작했다. 눈물방울이 턱선을 타고 흘러내렸고, 준혁의 손이 미세하게 떨렸다. 이 운명의 순간을 피해 갈 수 없음을 직감했다. 준혁은 부모님의 눈을 마주 보았다. 그 눈 속에는 지금까지 자신이 몰랐던, 혹은 외면했던 공허함과 두려움이 서려 있었다. 준혁은 숨을 깊게 들이마시고, 천천히 자리에서 일어났다. 그리고 품 속에 넣어두었던 것을 꺼내 들었다. 그것을 본 어머니는 깜짝 놀랐다.

"준혁아… 갑자기 왜 그러니?"

어머니의 목소리는 겁에 질려 떨리고 있었다. 준혁의 칼날은 먼저 아버지를 향했다.

"준혁아… 왜?"

아버지의 목소리는 떨려왔다. 칼날은 아버지의 말을 무시한 채 복부를 파고들었다.

"윽…"

아버지의 외마디 비명과 함께 식탁 위에 놓인 그릇과 잔들이 바닥으로 떨어지며 산산조각이 났다. 그 소리는 준혁의 심장을 더 깊숙이 찔러 들어왔다. 어머니는 충격에 얼어붙은 채 입술을 달달 떨었다. 준혁의 눈빛은 서글펐다. 칼끝이 곧장 어머니에게로 향했다. 짧고 날카로운 비명을 마지막으로 집안은 침묵으로 휩싸였다.

집안에 한없이 무거운 고요가 내려앉았다. 준혁은 바닥에 주저앉아 망연자실하게 자신의 손을 바라보았다. 손끝과 소매 끝에서 붉은 피가 뚝뚝 흘러내렸다. 바닥에 쓰러져 있는 부모님을 본 준혁은 더 큰 죄책감과 자괴감에 빠져들었다. 아버지가 앉아 있었던 자리에 앉아 가슴 품에 넣어 두었던 가족

사진을 꺼내 들었다. 환하게 웃는 아내와 딸의 모습. 함께 웃고 있는 부모님. 피 묻은 손이 사진 위를 스치자, 사진은 금세 피로 물들어갔다.

"결국… 나는 아무것도 바꾸지 못했다."

준혁의 입술이 떨렸다. 그의 눈에서는 끝없이 눈물이 흘러내렸고 사진 가장자리에 떨어져 피와 섞였다. 준혁은 피로 얼룩진 사진을 만지작거리며 흐느껴 울었다. 차가운 공기 속에서 그의 울음소리만이 어두운 집 안에 공허하게 메아리쳤다.

"시간을 되돌려도… 운명은 같은 곳을 바라보는 걸까… 어쩌면 더 불행한 운명으로 만드는 걸 수도…"

"어쩌면 과거를 되돌리지 않고 지금 현재 충실하면서 최선을 다하는 것이 더 좋은 선택이었을까…"

과거를 바꾸기 위해 모든 것을 희생했지만, 결과는 오히려 더욱 비참해졌다. 운명을 거스르려 했던 자신이 결국 그 운명의 희생양이 되어 버린 것이었다.

그때 창밖에서 바람이 작게 불기 시작했다. 바람은 이내 창문을 흔들었고 점점 거세지더니 커튼까지 휘날리게 했다. 준혁의 앞머리도 강한 바람에 휘날렸다. 준혁은 본능적으로 깨달았다. 누군가가 타임머신을 타고 이곳으로 오고 있는 것. 그의 머릿속에는 하나의 생각이 강렬하게 스쳤다. '그래 장 박사! 아직도 이 연구를 계속하고 있겠지.', '내가 만약, 장 박사를 통해 부모님이 타락하기 전으로 이동할 수 있다면… 희망재단의 피해자도 처음부터 없던 것으로 만들 수 있다. 그리고 장 박사의 어린 딸도 죽지 않게 내가 막을 수 있다.', '빨리 가서 장 박사에게 이 연구는 성공적이었음을 알리고 설득하자.'

그러나 동시에 불안감이 그를 덮쳤다. 지금 이 순간, 타임머신을 타고 오는 존재가 자신을 돕기 위해 오는 것인지, 아니면 자신을 파멸시키기 위해 오는 것인지 알 수 없었다. 준혁의 심장이 빠르게 뛰기 시작했다. 선택할 수 있는 최선의 방법은 오직 하나뿐이었다. 당장 장 박사를 찾아가 장 박사를 설득하고 더 깊은 과거로 되돌아가는 것. 준혁은 더 이상 지체하지 않고 황급히 집 밖으로 뛰쳐나가 주차장으로 달려갔다. 차 문을 거칠게 열고 재빨리 시동을 걸었다. 그리고 장 박사의 연구소를 향해 미친 듯이 차를 몰기 시작했다. 그 순간 창가에는 또 다른 바람이 휘몰아쳤다. 어두운 그림자 하나가 서서히 나타나기 시작했다. 어둠 속에서 알 수 없는 표정을 띤 누군가가 준혁이 떠난 방향을 바라보고 있었다. 잠시 후 준혁의 차를 검은 차 한 대가 따라붙기 시작했다. 준혁은 전혀 예상하지 못했다. 자신을 뒤쫓아 오는 존재가 누구인지, 앞으로 어떤 일이 벌어질지…

이 모든 것은 이제 시작에 불과했다.

끝.